Ellie Mattes

Finja und Fairy

Das Lied der Nixen

Band 3

Mit Illustrationen von
Alina Brost

SCHNEIDERBUCH

Bisher bei Schneiderbuch erschienen:
Finja und Fairy – Der Zauber des Vergessens (Band 1)
Finja und Fairy – In der Stadt der Flimmerfeen (Band 2)
Finja und Fairy – Das Lied der Nixen (Band 3)

1. Auflage 2024
Originalausgabe

Dieses Werk wurde vermittelt durch
Literaturagentur Beate Riess
Einband- und Innenillustrationen: Alina Brost
Umschlaggestaltung: Frauke Schneider
Gesetzt aus der Optima
Druck und Bindung: Print Best
Printed in Estonia · ISBN 978-3-505-15152-1

www.schneiderbuch.de
Facebook: facebook.de/schneiderbuch
Instagram: @schneiderbuchverlag

Druckprodukt mit finanziellem
Klimabeitrag
ClimatePartner.com/15109-2009-1001

FSC www.fsc.org
MIX
Papier aus verantwortungsvollen Quellen
FSC® C129413

Inhalt

Überraschung am Perlentor 7
Wer bin ich, und wer bist du? 20
Streng geheim! 33
Fanta Magia 47
Wo schlafen Nixen? 58
Wildschönmagie wie nie! 66
Unter Wasser 76
Ein geheimnisvolles Dingsda 88
Das Wasser erwacht 98
Das Lied der Nixen 109
Zurück zum Nixenwasserfall 117
Altes und Neues 130

Überraschung am Perlentor

Tante Margret seufzte in ihrem Schaukelstuhl. »Ganz schön heiß heute.«

»Ja, total blöd«, grummelte Finja. »Eigentlich hätte ich gleich eine Reitstunde mit Fairy bei Mister Hank. Doch die fällt jetzt aus.«

Nicht mal das Eis, das Mama ihnen auf die schattige Veranda des Waldhauses gebracht hatte, konnte Finja trösten. Dabei war es sogar Erdbeer-Minze, ihre Lieblingssorte.

Seit Tagen lag eine ungewöhnliche Hitze über Merryford. Kein Lüftchen regte sich. Keine einzige Wolke war zu sehen. Stattdessen grinste die Sonne breit vom Himmel herunter. Zumindest kam es Finja so vor, als würde sie grinsen. Und das war nichts Ungewöhnliches. Denn Finja mit ihrer blühenden Fantasie sah oft Dinge, die anderen verborgen blieben.

Deshalb wunderte sie sich kein bisschen, als die Sonne ihr auch noch frech zuzwinkerte.

Finja verdrehte die Augen, woraufhin Tante Margret prompt schmunzelte.

Sie schien heute nicht ganz so verwirrt zu sein wie an anderen Tagen. Dennoch sagte sie jetzt: »Gut, dass die Reitstunde ausfällt.«

»Wieso denn das?«, fragte Finja verblüfft.

»Na, dann könnt ihr stattdessen zum Wasserfall reiten«, antwortete Tante Margret, als wäre es das Normalste der Welt. »Bei diesem Wetter ist das herrlich.«

Baff sah Finja die alte Dame an und rief: »Das ist ja eine fantastische Idee! Wieso bin ich nicht selbst darauf gekommen?«

Der Wasserfall der Nixen lag gleich hinter der Abalonfarm im alten Wald. Dort war es wunderschön. Vor allem aber befand sich hinter dem Wasserfall ein geheimes Tor. Es führte nach Isella, ins Land der Fantasie. Fairy hatte Finja schon ein paarmal dorthin mitgenommen, denn Isella war seine eigentliche Heimat.

Dass man an heißen Tagen aber auch einfach so zum Wasserfall reiten konnte, daran hatte Finja bisher nicht gedacht. Sie würde mit Fairy schwimmen gehen. Heiß genug war es ja heute. Und einen kleinen Abstecher nach Isella könnten sie bei der Gelegenheit auch gleich noch machen. Während sie dort die fantastischsten Abenteuer erlebten, verging hier zum Glück keine einzige Sekunde. Das war praktisch. So fiel nie jemandem auf, wie viel Zeit die beiden in Isella verbrachten.

Mister Hank, auf dessen Farm Fairy lebte, hatte bestimmt nichts dagegen, wenn Finja ihren Freund gleich abholte. Schließlich gehörte Fairy seit ihrem Geburtstag offiziell ihr. Zumindest in dieser Welt. In Isella gehörte Fairy natürlich bloß sich selbst. Aber ihm war bestimmt auch nach einer Abkühlung.

Hastig sprang Finja auf die Beine und umarmte Tante Margret. »Bis später!«

»Grüß die Nixen von mir«, sagte Tante Margret und kicherte.

»Mach ich!« Finja lächelte. Natürlich gab es auf dieser Seite des Wasserfalls keine Nixen. Das war nur so eine Legende, die man sich hier in Merryford erzählte. Aber das wollte sie Tante Margret nicht erklären. Es hätte sie bloß wieder durcheinandergebracht. Also schnappte Finja sich ihre Badesachen und gab Mama Bescheid. Zur Abalonfarm war es nur ein kurzer Fußmarsch durch das Wäldchen hinterm Haus.

Auf dem Pferdehof war es heute ungewöhnlich ruhig. Nicht mal Ruby war hier. Obwohl die Oberzicke sonst immer auf der Farm herumlungerte. Seitdem Finja Fairy geschenkt bekommen hatte, waren Rubys Sticheleien kaum noch auszuhalten. Umso erleichterter war Finja, dass die Luft rein zu sein schien. Schnurstracks lief sie zum Offenstall. Dort war Fairy seit Neuestem untergebracht.

Finja sah ihn schon von Weitem. Sein goldenes Fell schimmerte nur so im Sonnenlicht. Goldpalominos wie ihn gab es nicht oft. Nicht mal in Isella!

Fairy sah sie kommen und trabte freudig auf sie zu.

»Hallo, mein Schöner«, begrüßte Finja ihr Pferd und streichelte ihm zärtlich die Mähne. »Hast du Lust auf eine Abkühlung?«

Als Fairy nickte, lachte sie. Es war nicht gelogen, dass sie sich ohne Worte verstanden. Und in Isella konnten sie sogar wirklich miteinander sprechen.

Schnell holte Finja Sattel und Zaumzeug. Dann ging es auch schon los. Auf Fairys Rücken schlug sie den Pfad in den alten Wald ein. Sie kannte den Weg inzwischen gut. Es dauerte nicht lange, bis sie das Wasser rauschen hörte.

Der Nixenwasserfall sah zauberhaft aus. Richtig magisch. Kein Wunder! Auch wenn es in dieser Welt keine Nixen gab, verbarg sich zwischen den Felsen das Perlentor. Es hieß so, weil immer Tausende Wassertropfen schimmerten, wenn sie nach Isella ritten.

Jetzt war jedoch erst mal nur Plantschen angesagt. Voller Vorfreude befreite Finja Fairy von Sattel und Zaumzeug und sich selbst von ihren Reitklamotten. Dann steckten die beiden die Füße und die Hufe ins herrlich kühle Nass.

»Ah«, seufzte Finja, während Fairy wohlig schnaubte. »Das tut gut!«

Das Pferd mit dem goldenen Fell schien die Kühle genauso zu genießen wie sie. Übermütig ruderte es mit den Vorderbeinen – und schon war Finja klatschnass.

»He«, rief sie kichernd und schleuderte auch eine Ladung in seine Richtung. Daraufhin schaute ihr goldener Freund so bedröppelt, dass sie laut auflachte. »Na, hör mal! Du hast damit angefangen«, verteidigte sie sich.

Fairy schnaubte und wies mit den Nüstern auf das Wasser.

Um den Wasserfall herum hatte sich ein tiefes Becken gebildet. Es war groß genug, um eine kleine Runde darin zu schwimmen. Das schien Fairy ausprobieren zu wollen, und Finja folgte ihm. Als ihr das Wasser bis zu den Schultern reichte, hielt sie sich an seiner Mähne fest. Dann schwamm Fairy los und zog Finja neben sich her.

»Yippiiie!«, jubelte sie. Es war ein unglaubliches Gefühl, durchs Wasser gezogen zu werden. Von Nahem sah der Wasserfall mit den Felsen noch magischer aus. Sogar ein paar Fische tummelten sich im kristallklaren Blau. Sie waren auffallend bunt. Neugierig beobachtete Finja ihr lustiges Treiben, als plötzlich …

»Hallo!« Ein winziges buntes Etwas tauchte vor ihr im Wasser auf. Der Kopf hatte blaues Haar und noch blauere Augen. Was Finja für einen bunten kleinen Fisch gehalten hatte, entpuppte sich jetzt als schillernde Nixenflosse.

Staunend klappte Finja der Mund auf. »Euch gibt es ja doch … «, stammelte sie.

Die Nixe schwamm näher zu ihr heran. »Also, ehrlich«, schimpfte sie und rümpfte die Nase. »Von dir hätte ich mir mehr erwartet. Du bist doch die Gardiella.«

»Ihr wisst davon?«, fragte Finja, und Fairy sah genauso überrascht aus wie sie. Denn die Nixe hatte recht: Finja war eine Gardiella – eine Weltenbauerin. In Isella konnte sie mit ihrer Fantasie einfach alles entstehen lassen. Deshalb hatte Fairy sie auch dorthin mitgenommen. Früher war Tante Margret die Gardiella gewesen. Das hatte Finja vor einiger Zeit herausgefunden. Doch seit Mamas alte Tante an Demenz litt, konnte sie sich nicht mehr daran erinnern. Und in Isella ging ebenfalls das Vergessen um. Keiner der magischen Bewohner wusste mehr, wer er war.

Nur Finja konnte ihnen helfen. Indem sie ihnen ihre Namen zurückgab und damit auch ihre Bestimmung.

Die kleine Nixe rollte die wasserblauen Augen. »Was glaubst du, wer das Perlentor bewacht? Es muss ja nicht jeder wissen, dass es hier nach Isella geht.«

Finja nickte. Das klang logisch. Einmal hatte Mister Hank nämlich erzählt, dass man den Wasserfall besser in Ruhe ließ. Sonst konnte es passieren, dass die Nixen dem Störenfried als Strafe einen Bart anhexten. Hastig griff Finja sich an die Wangen. Wenn die Geschichten doch wahr waren, kriegte sie jetzt einen Bart?

Auweia, dachte sie. Wie sollte sie das bloß Mama erklären oder Mister Hank? Mal ganz abgesehen von Ruby! Wenn die Oberzicke Wind davon bekam, war sie erledigt.

»Bitte«, murmelte sie. »Wir sind auch gleich wieder weg. Ich will keinen Bart.«

Die kleine Nixe grinste schelmisch. »Nicht mal ein kleines Ziegenbärtchen?« Sie kreiste mit ihrem winzigen Zeigefinger vor Finjas Nase, ehe sie herzhaft zu lachen anfing. »Quatsch, du bist hier doch immer willkommen! Es trifft sich sogar gut, dass du gerade da bist.« Ihr kleines Gesicht wurde mit einem Mal ernst.

»Wir können nämlich das Lied des Wassers nicht mehr im Rauschen des Wasserfalls hören. Irgendetwas stimmt in Isella nicht. Kannst du mal nachsehen?«

»Lied des Wassers?«, wiederholte Finja noch halb erschrocken. »Davon habe ich noch nie gehört.« Sie schaute zu Fairy. »Du vielleicht?«

Auch er schüttelte den Kopf.

Daraufhin erklärte die Nixe: »Das Lied des Wassers kommt von unseren Verwandten, den Quellnixen aus Isella. Durch das Wasser sind wir mit ihnen verbunden.«

Jetzt erinnerte Finja sich. Im Land der Fantasie war direkt über dem Perlentor eine der vielen fliegenden Inseln. Mit einem gigantischen Wasserfall, der in diesen hier zu enden schien. Es stimmte also: Das Wasser aus Isella war mit dem Nixenwasserfall verbunden.

»Aber wie könnt ihr das alles wissen?«, fragte Finja die Nixe. »In Isella geht der Vergessenszauber um. Keiner weiß, wer er ist. Und welche Aufgabe er hat.«

Inzwischen waren auch andere Nixen aufgetaucht. Aus einiger Entfernung belauschten sie das Gespräch. Jede von ihnen hatte eine andere Haarfarbe. Seegrün,

kristallhell, lavendelfarben … Doch eines war bei allen gleich: ihr sorgenvoller Blick.

Die Nixe mit dem wasserblauen Haar zuckte mit ihren kleinen Schultern. »Wir Wasserfallnixen leben eben in der Menschenwelt. Da herrschen andere Gesetze.«

Ungeduldig platschte sie mit der Nixenflosse. »Und? Werdet ihr nun nachsehen? Das Lied des Wassers ist sehr wichtig. Für uns alle«, fügte sie eindringlich hinzu.

»Klar«, antwortete Finja hastig. Sie hatte zwar keine Ahnung, was es mit diesem Wasserlied auf sich hatte.

Doch es war der kleinen Nixe anzusehen, dass es wichtig war. Außerdem wollte sie nicht riskieren, doch einen Bart angehext zu bekommen. Und nach Isella wollte sie ja sowieso.

Auch Fairy zögerte keine Sekunde. Schnell schwammen sie zurück ans Ufer. Finja zog sich ihre Reitklamotten wieder an und schwang sich auf Fairys Rücken.

Ganz von selbst schlug der Goldpalomino den Weg zum Perlentor ein.

Wer bin ich, und wer bist du?

Als der Wasserfall näher kam, fiel das goldene Pferd wie immer in Galopp. Finja hatte das Gefühl, gleich gegen die Felsen zu knallen, wenn Fairy nicht abbremste. Doch das passierte nicht.

Stattdessen erleuchtete ein bunter Blitz alles um sie herum, und Tausende Wassertropfen schimmerten wie Perlen. Kühler Sprühregen benetzte Finjas Wangen. Sie fühlte sich seltsam schwerelos. Da öffnete sich auch schon das Perlentor … Und wo gerade noch die großen Felsen gewesen waren, breitete sich wie von Zauberhand die traumschöne Landschaft von Isella aus. Die Menschenwelt verblasste hinter ihnen.

»Wieder zu Hause«, wieherte Fairy freudig, als er vom Galopp in einen sanften Schritt überging.

Finja kicherte auf seinem Rücken. Es war jedes Mal aufs Neue schön, nach Isella zu kommen. Nicht nur, weil es an diesem Ort fantastisch war und das nächste Abenteuer auf sie wartete. Sondern auch, weil sie hier mit Fairy sprechen konnte. Längst war er zu ihrem allerbesten Freund geworden. Mit Fairy konnte sie über alles reden!

Aber deshalb waren sie nicht hergekommen. Finja schaute sich prüfend um. Die sanften grünen Hügel vor ihnen sahen ganz normal aus. Riesige Schmetterlinge flatterten. Grinsesteine versteckten sich am Wegesrand. Bäume mit türkisfarbenen Blättern raschelten im Wind. Hinter ihrem Rücken rauschte der Wasserfall. In langen Kaskaden fiel sein Wasser von einer der fliegenden Inseln direkt auf das Perlentor. Als wollte er niemals enden. Wunderschön sah das aus.

»Hier scheint so weit alles in Ordnung zu sein«, sagte Finja. »Zumindest am Perlentor. Ob Wulli auf uns gewartet hat?« Sie ließ den Blick in die Ferne schweifen. Von dem bunten Wildschön fehlte jedoch jede Spur. »Vielleicht ist er in seiner Erdhöhle?«

Fairy zuckte mit den Ohren. »Wir sollten ihn unbedingt besuchen. Vielleicht weiß er etwas über das Lied des Wassers.«

»Weißt du denn, wo die Erdhöhle ist?«, fragte sie. »Er hat uns damals ja mit seinem Seifenblasenzauber dort hingezaubert, deshalb kenne ich den Weg nicht.«

Fairy überlegte. »Ich denke schon, dass ich es früher gewusst habe. Aber dieser blöde Vergessenszauber hat eine Menge bei mir durcheinandergebracht. Ich kann mich gerade nicht daran erinnern.«

»Macht doch nichts«, sagte Finja schnell. »Deshalb sind wir ja hier. Um allen Bewohnern ihre Erinnerung zurückzugeben. Und dann wird in Isella alles wieder so sein, wie es vorher war. Ganz bestimmt.«

Fairy schnaubte erleichtert, ehe er sagte: »Ich habe auch keine Ahnung, wo die Quellnixen zu finden sind. Aber daran ist ausnahmsweise nicht der Vergessenszauber schuld. Ich habe einfach noch nie etwas von ihnen gehört.«

»Dann reiten wir für den Anfang einfach ins grüne Tal«, schlug Finja vor. »Vielleicht wissen die Wiesenelfen etwas darüber. Außerdem will Eli bestimmt dabei sein, wenn wir uns auf die Suche nach ihnen machen.«

Der Wiesenelf mochte Abenteuer nämlich genauso gern wie Finja.

Den Weg ins grüne Tal kannten Finja und Fairy gut. Denn längst war Eli ihr Freund in Isella geworden. Genauso wie Wulli. Doch von dem bunten Wildschön war immer noch nichts zu sehen, obwohl er sich sonst gern hier herumtrieb und normalerweise schon auf sie zu warten schien, wenn sie ankamen.

Wie immer ritt Finja ohne Sattel und Zaumzeug. Im Land der Fantasie brauchte sie das nicht. Auf Fairys Rücken war es herrlich, durch die traumschöne Landschaft zu reiten. Ständig entdeckte Finja etwas Neues.

Jetzt erregte ein seltsames Geräusch ihre Aufmerksamkeit. Es flog ihr zu, als hätte der Wind es zu ihr hergetragen. »Was ist das?«, fragte Finja verblüfft.

Fairy antwortete nicht. Stattdessen folgte er dem

Singsang. So hörte sich das Geräusch nämlich an. Als würde jemand singen. Nicht auf die allerschönste Weise, aber dennoch betörend.

Mit Finja auf dem Rücken trabte Fairy auf ein Wäldchen zu. Die Bäume, die dort wuchsen, hatte Finja in Isella noch nie gesehen. Sie hatten spindeldürre Stämme, aber dafür breite Blätter. Wie Sonnenschirme ließen sie kaum Licht hindurch. Je länger sie dem Singsang im Wäldchen folgten, umso dunkler wurde es. Und dann blieb Fairy mitten auf dem Weg stehen.

»Nanu«, sagte Finja, als sie sah, warum ihr goldener Freund nicht weitergegangen war. »Da ist ja ein Loch.« Sie schwang sich von seinem Rücken und landete

direkt hinter einem kleinen Wesen. Von ihm kam die Melodie. Es stand vor dem Loch und sang seltsame Worte. Wie die von einer Zauberformel. »SEBEIL-RESSAW-ELDURPS-REIH-GNIRB-EIGAM-NOV-RID-UZ-RIM«, trällerte es.

Verdutzt drehte Finja sich zu Fairy. »Verstehst du das?«

Das goldene Pferd schüttelte die Mähne. »Du bist die Gardiella«, flüsterte Fairy, um das Wesen nicht zu erschrecken.

Doch das schien die beiden gar nicht zu bemerken. Mit geschlossenen Augen hielt es seine froschartigen Hände über das Loch. Dann hörte es plötzlich auf zu singen und öffnete die Augen. »Verflaxt! Immer noch

nix«, quakte es und stampfte wütend mit den Froschbeinen. Sonst aber hatte das kleine Wesen wenig Ähnlichkeit mit einem Frosch. Sein Gesicht wirkte vielmehr wie das von einem Wichtel. Doch seine Haare erinnerten Finja an die von der Wasserfallnixe. Seine Kleider hingegen schienen aus Moos zu sein.

»Hallo«, sagte Finja freundlich. »Was machst du da?«

Der Nicht-Frosch-Wichtel blickte auf. »Ix doch klar, ix rufe das … ähmx« Er stockte und blickte sich verwirrt um. »Ja, wax mache ix eigentlix?«

Finja nickte mitfühlend. »Das liegt am Vergessenszauber«, erklärte sie. »Alle Bewohner in Isella wissen nicht mehr, wer sie sind. Dadurch haben sie vergessen, welche Bestimmung sie haben. Du bist nicht der Einzige, dem das passiert ist.«

»Ox«, murmelte der Nicht-Frosch-Wichtel. »Klingt schrexlix.«

»Aber Finja kann dir helfen«, sagte Fairy schnell. »Sie ist die Gardiella!«

»Wer ix sie?«, quakte der Nicht-Frosch-Wichtel.

»Jemand mit einer besonderen Gabe«, erklärte Fairy stolz. »Sie wird wissen, wer du bist. Sie kann das nämlich als Weltenbauerin.«

»Tatsäxlix?«, rief der Nicht-Frosch-Wichtel erstaunt. »Wer bin ix denn?«

»Hmmm«, machte Finja und trat näher, um das seltsame Wesen genauer unter die Lupe zu nehmen. Es hatte eindeutig etwas mit Wasser zu tun. Denn es roch nach Algen. Und mit seinen Froschhänden und Froschbeinen konnte es bestimmt gut schwimmen. Vielleicht sogar in diesem Loch, das mit ein bisschen Fantasie ein Tümpel war. Ja, tatsächlich! Nun sah Finja den Tümpel förmlich vor sich. Und sie entdeckte noch etwas. Bloß eine Winzigkeit. Da war nämlich eine Libelle. Sie flog direkt zum Loch, als würde sie etwas suchen. Etwas, das sonst da war, jetzt aber gerade nicht. Im nächsten Moment fiel Finja der seltsame Singsang des Nicht-Frosch-Wichtels wieder ein. Hatte sich die Melodie nicht wie eine Zauberformel angehört? Als wollte er etwas damit heraufbeschwören?

»Kann es sein,

dass du das Wasser herbeirufen wolltest?«, überlegte Finja laut.

In den Augen des Nicht-Frosch-Wichtels blitzte es. »Ix liiiebe Waxxer«, hauchte er. »Ohne Waxxer kann nix leben.«

Und da wusste Finja es. Der Name ploppte in ihrem Kopf auf, als wäre es das Normalste der Welt. Genau das war ihre Gabe. »Ja, klar!«, rief sie lachend. »Du bist ein Wasserrufer. Du lockst mit deinem Gesang das Wasser aus der Erde. Überall dorthin, wo es gebraucht wird. Damit die Tiere zu trinken haben und die Pflanzen wachsen können.«

Kaum hatte Finja das gesagt, riss der Wasserrufer die Froschhände über das Loch und quakte: »Hurrax! Jetzt weiß ix es wieder!« Und dann fing er auch schon an zu singen. Dieses Mal noch lauter. Noch beschwörender.

»SEBEIL-RESSAW-ELDURPS-REIH-GNIRB-EIGAM-NOV-RID-UZ-RIM!«

Kurz darauf gluckerte ein kleines Rinnsal aus der Erde.

Damit schien der Wasserrufer jedoch nicht zufrieden zu sein. »Verflaxt!«, schimpfte er. »Wieso ist dax so wenix?«

»Das verstehe ich jetzt auch nicht«, wunderte Finja sich. Das Wasser blubberte nur tröpfchenweise aus dem Boden. So sollte das bestimmt nicht sein.

»Vielleicht«, überlegte Fairy, »ist es wie bei mir. Und das Wasser kommt langsam zurück wie die Erinnerung.«

»In jedem Fall müssen wir seinen Namen auf die Tafel am Mittenbaum schreiben«, meinte Finja.

»Mixxenbaum?«, fragte der Wasserrufer.

»Dort gibt es eine Liste mit allen Bewohnern von Isella, die ihren Namen zurückbekommen haben«, erklärte Finja. »Am besten kommst du einfach mit, dann kannst du es dir anschauen.« Sie sah ihren goldenen Freund entschuldigend an und flüsterte: »Aber mit diesen Froschbeinen dauert das bestimmt ewig. Wäre es in Ordnung, wenn wir ihn mitnehmen? Auf deinem Rücken? So groß ist er ja nicht … «

Fairy stöhnte. »Von mir aus.« Sonst duldete er nur Finja als Reiterin. Für dieses eine Mal machte er jedoch eine Ausnahme.

Auch wenn der Weg kurz war, genoss der Wasserrufer den Ritt sichtlich. »Fantaxtix«, quakte er. »Faxt wie Schwimmen!«

Dann tauchte auch schon der Mittenbaum am Horizont auf. Er war nicht zu übersehen. Früher waren es einmal zwei Bäume gewesen. Doch die waren irgendwann zu einem einzigen mächtigen Laubbaum zusammengewachsen. In der Mitte der Stämme befand sich eine Felsplatte. Sie war ungefähr so groß wie eine Tafel. Das hatte Finja auch auf die Idee gebracht, den Felsen zum Schreiben zu benutzen. Jeder Bewohner, dem sie bisher ihren Namen zurückgegeben hatte, wurde nun von ihr hier eingetragen. Für den Fall, dass sie wieder vergaßen, wer sie waren. Den Trick hatte sie sich von Mama abgeschaut. An schlechten Tagen konnte Tante Margret die wichtigsten Dinge einfach in Mamas Liste nachschauen. Und weil der Mittenbaum sehr zentral lag, war der Platz auch goldrichtig für die Liste. Längst hatte sich in Isella herumgesprochen, dass man hier Hilfe finden konnte. Heute aber war niemand da. Und das war auch ganz gut so. Denn sie waren ja wegen der Wasserfallnixen hier. Deshalb beeilte sie sich jetzt lieber.

»So«, sagte sie, als sie mit einem Stein den Namen des Wasserrufers in die Felsplatte geritzt hatte. »Ab jetzt kannst du hier immer nachsehen, wer du bist.

Bestimmt kommt mehr Wasser zurück, je besser du dich erinnerst.«

»Ix hoffe ex«, quakte der Wasserrufer. »Danxe!« Dann watschelte er davon. Irgendwohin, wo es kühl und feucht war, um sein geliebtes Wasser herbeizusingen.

Nachdenklich blickte Finja dem Wasserrufer hinterher.

»Ist alles in Ordnung?«, fragte Fairy.

»Ich weiß nicht«, gab sie zu. »Dieses Mal fühlt es sich anders an. Nicht so wie sonst. Als hätte ich den Wasserrufer nicht ganz vom Vergessenszauber befreien können. Als würde etwas fehlen … «

Doch was das war, wusste Finja auch nicht. Es war an der Zeit, ihre Freunde in Isella zusammenzutrommeln. Mit ein bisschen Glück wussten sie mehr.

Streng geheim!

Schon von Weitem sah Finja, dass im grünen Tal dieses Mal eine Menge los war. Alle Wiesenelfen liefen geschäftig umher. Viele von ihnen trugen große Blattkörbe. Mittendrin leuchtete etwas Quietschbuntes aus der Menge.

»Ach, da steckt Wulli«, rief Finja lachend.

Das Wildschön mit den regenbogenfarbenen Borsten war kaum zu übersehen. Es wuselte aufgeregt hin und her. Immer wieder steckte es seinen himbeerfarbenen Rüssel in die Blattkörbe der Wiesenelfen. Seine himmelblauen Wackelohren und sein pfirsichfarbenes Ringelschwänzchen wippten dabei fröhlich in der Luft.

Fairy brach in lautes Gewieher aus. »Typisch Wulli«, prustete er. »Heute ist Bonibani-Ernte, und Wulli hilft mit.«

»Ja, aber nur beim Naschen«, hörten sie eine Stimme hinter sich. Als Finja sich umdrehte, blickte sie in Elis erdbraune Augen mit den gelben Sonnensprenkeln.

»Hallo«, rief sie freudig und schwang sich von Fairys Rücken, um ihn zu begrüßen. Sie hatte ihm vor einiger Zeit seinen Namen und seine Erinnerung zurückgegeben. Danach waren sie Freunde geworden. Elis Beine steckten wie immer in knielangen Hosen. Sein Wams sah alt und geheimnisvoll aus. Eli war der Sohn des Wiesenelfenkönigs. Ein echter Prinz also! Aber darauf bildete er sich nichts ein. Eli war total nett und hilfsbereit. Ein Freund für jedes Abenteuer.

Deshalb zögerte Finja nicht lange und fragte: »Hast du schon mal etwas vom Lied des Wassers gehört?« Als Eli unter seinen Grashaaren die Stirn runzelte, erzählte sie ihm, was passiert war.

Daraufhin meinte er: »Die Quellnixen kenne ich nicht. Aber das muss nichts heißen. Seit dem Vergessenszauber ist vieles in Isella durcheinandergeraten.« Er stellte seinen Blattkorb ab und grinste breit. »Aber wenn ihr mich fragt, klingt das gaaanz dringend. So dringend, dass ich euch besser bei der Suche helfe, anstatt Bonibanis zu schleppen.«

Finja lachte. »Ich hoffe, Wulli lässt sich genauso leicht überzeugen. Er liebt Bonibanis abgöttisch.«

Die schillernden Früchte waren ja auch unglaublich lecker. Finja aß sie selbst gerne, wenn sie in Isella war. Sie wuchsen auf roten Palmen und hatten die Form von Bananen. Doch anstatt gelb zu sein, glänzte ihre Schale perlmuttfarben. Ihr Geschmack war ebenso anders. Süß und exotisch. Kein Wunder, dass Wulli lieber hierbleiben wollte.

»Grunziwunz«, stöhnte das regenbogenfarbene Wildschön, als sie ihm von ihren Plänen erzählten. »Kann das nicht bis morgen warten? Dann haben die Wiesenelfen die besten Bonibanis von den Palmen gepflückt. Und ich habe meinen Vorrat aufgestockt.« Wulli blinzelte unter seinen lilafarbenen Stirnlöckchen. »Im grünen Tal wachsen nun mal die leckersten Bonibanis.« Wie zum Beweis versenkte er seine Minizähnchen in eine besonders schillernde Frucht und fing genüsslich an zu schmatzen. »Mhm, löööcker!«

Finja und Eli warfen sich einen amüsierten Blick zu. Das quietschbunte Wildschön war eben total verfressen. Doch Wulli hatte auch magische Borsten. Mit ihnen konnte er so gut wie alles zaubern. Allerdings nur, wenn man ihm die Idee dazu gab. Von selbst kam Wulli nicht drauf. Wildschöne waren im Grunde sehr einfach gestrickt.

Doch als Fairy sagte: »Ohne dich und deinen tollen Seifenblasenzauber sind wir total aufgeschmissen. Wir brauchen dich!«, hatte Wulli ein Einsehen. Schweren Herzens kehrte er seinen heiß geliebten Bonibanis den Rücken und schloss sich Finja und den anderen an.

»Und?«, grunzte er, als sie etwas abseits des Trubels

berieten, wie sie jetzt vorgehen sollten. »Wo sollen wir nach den Quellnixen suchen? Ich habe nämlich auch noch nie von diesem Wasserlied gehört.«

»Das ist ja seltsam«, wunderte Eli sich. »Du weißt doch sonst so viel über Isella. Weil du der Einzige bist, der dank seiner magischen Borsten vom Vergessenszauber verschont geblieben ist.«

»Ich kann ja nicht alles wissen«, grunzte Wulli mürrisch. Es war ihm anzusehen, dass er immer noch seinen Bonibanis hinterhertrauerte.

Da hatte Eli eine Idee. Er lief hinüber zu den anderen Wiesenelfen. Kurz darauf kam er mit seinen Eltern zurück. König Razifazi und Königin Saora.

»Mein Sohn hat mir erzählt«, begann der Wiesenelfenkönig, »dass du gerne Bonibanis ernten würdest, aber mit unserer Gardiella fortmusst. Das hat Vorrang«, sagte er streng. Dann jedoch schmunzelte der König und fuhr gut gelaunt fort: »Was hältst du davon, wenn wir dir eine große Ladung der besten Bonibanis in deine Erdhöhle bringen?! Dann kannst du in Ruhe der Gardiella helfen.«

»Oh«, grunzte Wulli gerührt. »Das würdet Ihr tun?«

Königin Saora lächelte. »Aber natürlich, mein

Lieber! Ihr leistet schließlich eine sehr wichtige Arbeit. Ohne die Gardiella wäre Isella verloren.«

»Und ich ohne meine Freunde«, fügte Finja rasch hinzu.

Elis Mutter nickte. »Deshalb kümmere ich mich persönlich darum, dass Wulli die Besten der Besten bekommt.«

»Grunziwunz«, frohlockte das Wildschön. »Wenn das so ist, dann fragen wir jetzt einfach Wandra.«

Finja riss die Augen auf. »Stimmt, daran habe ich gar nicht gedacht.« Dabei war es so naheliegend. Immerhin war Wandra die Wächterin über das Wasser. Fragend sah Finja Fairy an. »Kannst du sie für uns rufen?«

Der Goldpalomino zögerte nicht lange. Genau wie er war Wandra eines der fünf Wächterpferde in Isella. Sie wachten über die Elemente. Und sie konnten in Gedanken miteinander sprechen. Manchmal klappte es mit der Gedankensprache sogar bei ihnen beiden. Doch das war in dem Moment nicht wichtig. Denn Wulli hatte recht. Vielleicht wusste Wandra mehr, und nur das zählte jetzt. Deshalb hielt Finja gespannt Ausschau nach ihr.

Es dauerte nicht lange, bis die Wächterpferde Fairys Ruf folgten.

Zuerst kam Finbar. Seine Mähne flackerte wie Flammen. Denn der Fuchs war der Wächter über das Feuer.

Lifri wirkte mit seinem weißen Fell hell und leicht. Der Schimmel war der Wächter über die Luft.

Eddas lehmfarbener Körper strahlte unbändige Kraft aus. Die Braune war die Wächterin über die Erde.

Wandras Wasserfallmähne hingegen wogte silbrig-kühl. Denn die Graue war ja die Wächterin über das Wasser. Hoffentlich wusste sie mehr über das Lied des Wassers und die Quellnixen!

Freudig galoppierten die vier auf Fairy zu. Der Goldpalomino war der Wächter über das fünfte Element, das in Isella herrschte. Und sehr wichtig war: nämlich die Fantasie!

Zärtlich hielten die fünf die Nüstern aneinander, um sich zu begrüßen. Das Feuerpferd, das Erdenpferd, das Luftpferd, das Wasserpferd und das Fantasiepferd – gemeinsam bildeten sie eine unschlagbare Einheit.

Finbar prustete Finja und Wulli zu und kam dann gleich zur Sache: »Seid ihr wieder da, um jemandem zu helfen?«

Finja nickte. »Aber dazu müssen wir etwas wissen.« Sie drehte sich zu Wandra. Die graue Stute sah sie aufmerksam an. Rasch erzählte Finja von den Wasserfallnixen und dem Lied des Wassers.

Als sie geendet hatte, wirkte Wandra mit einem Mal kühl und distanziert. Ihr edler Kopf schoss in die Höhe, sodass ihre Mähne wellenartig wallte.

»Es wundert mich, dass die Wasserfallnixen dir davon erzählt haben«, sagte sie ausweichend. »Eigentlich ist das streng geheim.«

»Was denn?«, fragten Finja und Eli im Chor. *Streng geheim* klang nach jeder Menge Abenteuer. Grinsend warfen sie sich einen Blick zu.

Doch Wandra schnaubte. »Das Lied des Wassers gehört zu jenen Geheimnissen in Isella, die gut gehütet bleiben müssen. Sogar für die Gardiella. Tut mir leid, aber mehr kann ich dir nicht sagen.«

»Bist du sicher?« Überrascht sah Fairy Wandra an. »Ich war dabei, als die Wasserfallnixen uns um Hilfe gebeten haben. Sie klangen sehr verzweifelt. Als Wächterin über das Wasser wirst du bestimmt wissen, wie wichtig dieses Lied ist. Oder hat der Vergessenszauber es dich vergessen lassen?«

»O nein«, betonte Wandra. »So etwas Wichtiges nicht. Wenn das Lied des Wassers nämlich nicht mehr klingen würde, wäre das eine Katastrophe.«

»Dann solltest du zur Sicherheit mal nachsehen, Schwester«, meinte Fairy. Die anderen drei Wächterpferde nickten.

»Also gut.« In schwungvollem Trab lief die graue

Stute auf den Fluss zu. Er schlängelte sich zwischen vielen Bonibanibäumen durch das grüne Tal. Doch anstatt am Flussufer abzubremsen, sprang Wandra in die Fluten und verschwand darin.

»Wo ist sie hin?«, rief Eli erschrocken. »Sie kann doch schwimmen, oder?«

Edda, das Erdenpferd, beruhigte ihn. »Lass Wandra nur machen. Das Wasser ist ihr Element. So wie unseres die Erde ist. Sie weiß genau, was sie tut.« Wie zum Beweis ließ Edda ein Büschel Gras zwischen ihnen wachsen. Eli grinste verlegen und streifte mit der Hand über die Halme. Daraufhin erblühten kleine

Blumen. Denn das war Elis Gabe. Er konnte als Wiesenelf alles Mögliche wachsen lassen. Genau wie das Erdenpferd. Deshalb verstanden die beiden sich auch so gut. Oft begleitete die braune Stute sie bei ihren Abenteuern. Mit Eli auf dem Rücken.

Zu Finjas Erleichterung tauchte Wandras Kopf tatsächlich kurze Zeit später wieder auf. Doch an ihrem Blick erkannte Finja sofort, dass etwas nicht stimmte. So sorgenvoll hatte sie das Wasserpferd noch nie gesehen. Schnell lief sie der grauen Stute entgegen.

»Du hast recht«, wieherte Wandra atemlos, als sie das Ufer erreichte. Dabei schimmerte ihr Fell sonderbar im Sonnenlicht. Doch Finja hatte keine Zeit, um genauer hinzusehen. Denn schon sagte Wandra: »Ich konnte das Lied des Wassers auch nicht mehr hören. Wir müssen sofort zur Fanta Magia und herausfinden, was los ist.«

»Fanta Magia?«, wiederholte Finja perplex. »Was ist das?«

Wandra zögerte einen Moment, ehe sie leise antwortete: »Der geheimste Ort in Isella. Es wartet eine große Aufgabe auf dich, Gardiella!«

Fanta Magia

Während sie zu den anderen zurückgingen, hallten Wandras Worte in Finjas Kopf nach.

Der geheimste Ort in Isella, hatte die silbergraue Stute gesagt. So geheim, dass eigentlich nicht mal sie als Gardiella davon wissen durfte? Das wunderte Finja. Seit sie die Gardiella in Isella war, hatte sie mit ihren Freunden eine Menge Geheimnisse geteilt und fantastische Dinge erlebt. Gemeinsam hatten sie das grüne Tal wieder zum Leben erweckt und waren mit den Winden um die Wette geflogen. Sie hatte mit dem Mond ein Pläuschchen gehalten und Wulli die Idee dazu gegeben, sich Flatterohren zu zaubern. Damit er genauso schnell war wie Fairy. Jedes Abenteuer war einzigartig gewesen. Wenn sie jetzt an einen Ort gingen, der so geheim war, dass niemand davon wissen durfte … was würde sie dort erwarten?

Bei diesem Gedanken spürte Finja die Aufregung in ihrem Bauch kribbeln. Vor nicht allzu langer Zeit hätte sie noch richtig Bammel vor der großen Verantwortung gehabt. Ohne sie würde Isella verschwinden. Ohne ihre Fantasie würden die Wesen hier in Vergessenheit geraten …

Wie oft hatten ihre Mitschüler in ihrer alten Schule sie genau deswegen ausgelacht, weil sie so viel Fantasie hatte? Sie hatte erst mal gar nicht glauben können, dass es in Isella genau andersherum war. Hier wurden ihre bunten Gedanken als Gabe angesehen. Nicht selten kam es Finja so vor, als wäre auch sie selbst von einem Vergessenszauber befreit worden. Denn nun wusste sie, wer sie wirklich war. Und dass ihre Besonderheit gar nicht weiter schlimm war, verrückt oder kindisch – sondern einfach fantastisch!

Deshalb würde sie alles tun, um den Bewohnern aus Isella zu helfen. Auch wenn es schwierig werden sollte. Selbstbewusst ging sie weiter.

Als Wandra den anderen erklärte, was los war, wollten sie natürlich mit zur Fanta Magia. Rasch machten sie sich startklar. Finja schwang sich wieder auf Fairys Rücken. Und Eli nahm auf Eddas Platz.

Finbar, Lifri und Wandra liefen voraus. Wulli zauberte sich Flatterohren. Dazu brauchte er bloß seine magischen Borsten zu schütteln, bis sich ein feiner Schimmer um ihn legte. Das sah aus, als würde er in einer bunten Seifenblase schweben. Als diese mit einem lauten *Plopp* zerplatzte, war der Wulli-Zauber auch schon vollbracht. Jetzt hatte er turbo-schnelle Flatterflügel anstatt der himmelblauen Ohren. Blitzschnell schoss das Wildschön an Finja vorbei in die Höhe. Dabei wackelte sein bunter Popo fröhlich in der Luft. »Wo bleibt ihr denn?«, jodelte Wulli über ihnen.

»Angeber«, sagte Eli grinsend und lenkte Edda neben Finja und Fairy.

Wandra führte sie in eine Gegend, in der Finja bisher noch nie gewesen war. Auch Eli blickte sich aufmerksam um.

Sie folgten stromaufwärts einem seichten Bergfluss, der sie tief in eine Schlucht führte. Auf beiden Uferseiten ragten hohe Steilwände neben ihnen empor, die mit jedem Schritt enger wurden. Bald ritten sie nur noch im Gänsemarsch. Dann jedoch öffneten sich die Felsen wieder, und vor ihnen breitete sich ein dunkler Wald aus.

»Nanu«, grunzte Wulli. »Ein Wald in einer Schlucht? Das ist ja seltsam.«

Der Wald war von den Felswänden umzingelt wie von einer Mauer. Eine sonderbare Stimmung ging von ihm aus. Als wäre der Wald heilig und müsste beschützt werden. Finja spürte es sofort. Und auch von den anderen sagte nun niemand mehr etwas. Nicht mal Wulli. Denn es war, als würden sie nicht einen Wald betreten, sondern eine Kathedrale.

Finja kannte solche alten Kirchen zwar bloß aus dem Fernsehen. Doch

die riesigen Bäume, die sich über ihnen zu einem gigantischen Blättergewölbe formten, erinnerten sie daran. Auch der Weg, dem sie nun folgten, war anders. Er wurde von dicken Baumwurzeln gesäumt. Finja hätte schwören können, dass sie sich zu einem hübschen Muster verflochten hatten. Je tiefer sie in den Wald hineinritten, umso stärker wurde das Gefühl: Etwas Großes versteckte sich in diesem Wald. Und als man diese Stimmung fast schon greifen konnte, blieb Wandra stehen.

»Wir sind da«, schnaubte sie. Doch das hätte das Wasserpferd gar nicht zu sagen brauchen. Es war auch so kaum zu übersehen. Oder zu überfühlen.

»Wow«, hörte Finja Eli hinter sich rufen. »Hier ist es wunderschön!«

Und wie! Auch sie sah sich beeindruckt um.

Wandra hatte sie zu einem kleinen runden Teich geführt. Smaragdgrüne Farne säumten sein Ufer. Rosafarbene Seerosen schaukelten auf der Wasseroberfläche. Schillernde Libellen flirrten im einfallenden Licht der Sonne. Und mannshohe Moossteine standen daneben wie Wächter. Von einem plätscherte Wasser in den Teich. Es war so klar wie Glas. Nur in der Teichmitte schimmerte das Wasser leuchtend türkis. Und war da nicht ein kleiner Strudel? Unten am Teichgrund?

Neugierig rutschte Finja von Fairys Rücken und stellte sich neben Wandra. »Das ist der geheime Ort?«, fragte sie leise. »Fanta Magia?«

Wandra antwortete nicht. Dafür trat eine Gestalt geräuschlos hinter einem der Mooswächtersteine hervor. Finja hatte sie bisher nicht gesehen. Doch nun klappte ihr vor Staunen der Mund auf.

Die Frau war umwerfend schön. Ihre Haut schien wie Seide zu sein. Ihre Augen waren leuchtend türkis wie das Wasser in der Teichmitte. Ihr langes Gewand genauso. Dann erkannte Finja, dass das Kleid tatsächlich aus Wasser bestand. Wie eine wogende Hülle schlang es sich um den Körper der Wasserfrau. Darunter schillerte es golden. Der Blumenkranz in ihrem ebenfalls goldenen Haar rundete das märchenhafte Aussehen ab. Jetzt kam sie näher, während sich das Wasserkleid wellte und kräuselte. Finja konnte kaum die Augen davon lassen.

»Was wollt ihr hier?«, fragte die Wasserfrau mit kühler Stimme. Dabei sah sie Finja mit ihren leuchtenden Augen an. Und da wusste sie es.

»Oh«, murmelte Finja. »Du bist eine von ihnen. Obwohl … « Verdutzt blickte sie auf die nackten Füße der Frau. »Du hast gar keinen Fischschwanz. Und du bist groß wie ein Mensch … «

Irritiert legte die Wasserfrau den Kopf schief. »Fischschwanz? Mensch?«, wiederholte sie.

»Da hat wohl der Vergessenszauber zugeschlagen«, grunzte Wulli im Hintergrund.

»Sag ihren Namen«, erinnerte Fairy sie und schnaubte ihr gutmütig ins Ohr.

»Ups«, kicherte Finja verlegen. »Hab ich das

noch gar nicht?« Da war sie dieses Mal aber ganz schön abgelenkt. Das lag bestimmt an dem Wasserkleid mit seinen kräuselnden Wellen. Finja wurde schon ganz schwindelig vom Anschauen. Ein Glück, dass die Wasserfallnixen ihr den Namen längst verraten hatten. Dieses Mal würde es also einfach werden. Obwohl die Wasserfrau völlig anders aussah, als Finja sie sich vorgestellt hatte. Dennoch war Finja sich sicher. Zeit, endlich ihre Arbeit als Gardiella zu machen! Sie sah der Wasserfrau in die türkisfarbenen Augen und sagte feierlich: »Du bist eine Quellnixe. Ihr spielt das Lied des Wassers. Das ist für Isella sehr wichtig.«

Die Quellnixe sah Finja verwirrt an. Dann jedoch schlich sich ein Lächeln auf ihr wunderschönes Gesicht. »Ja«, hauchte sie überrascht. »Jetzt weiß ich es wieder. Ich bin eine Quellnixe. Aber wieso habe ich das vergessen?«

Finja stellte alle vor und erzählte, wieso das fantastische Land vom Vergessenszauber befallen war. »Tante Margret war früher die Gardiella hier«, erklärte sie. »Sie hat mit ihrer Fantasie alles im Gleichgewicht gehalten. Doch jetzt ist sie alt und sehr vergesslich. An manchen Tagen weiß sie nicht mal, wer sie selbst ist.«

»Und darum geht es uns in Isella auch so?«, fragte die Quellnixe. Doch ehe Finja antworten konnte, schien sie selbst eine Antwort darauf gefunden zu haben. »Alles ist miteinander verbunden«, sagte sie. Und das klang, als würde sie sich nun wieder erinnern.

»Genau«, schnaubte Wandra erleichtert. »Aus dem Grund sind wir auch hier. Ich hätte meine Freunde sonst niemals hergeführt, an diesen heiligen Ort. Aber nur Finja konnte dir helfen, deine Erinnerung zurückzubekommen. Und da du sie nun wiederhast, ist es an der Zeit, auch das Lied des Wassers wieder zu spielen.«

Die Quellnixe schüttelte den Kopf. »Lied des Wassers? Was ist das?«

Eine Pause entstand, in der niemand etwas sagte. Bis Wulli grunzte: »Hä? Wieso klappt das nicht?« Mit gerunzelter Stirn tapste er nach vorne und guckte Finja streng an. »Hast du was vergessen zu sagen?«

Ja, dachte Finja erschrocken, als sie die schöne Quellnixe noch einmal in Ruhe betrachtete. Sie hatte bloß das nachgeplappert, was ihr die Wasserfallnixen ohnehin schon verraten hatten. Doch da war wirklich noch etwas in ihrem Kopf. »Du heißt Aquella«, sagte sie schnell. »Und du bist die Obernixe hier, stimmt's?«

Wieder machte die Quellnixe dieses ratlose Gesicht, ehe sie freudig nickte. »Ja, genau! Aber was das Lied des Wassers ist, weiß ich immer noch nicht.«

»Grunziwunz«, stöhnte Wulli mit Grabesstimme. »Jetzt haben wir aber ein Problem!«

Wo schlafen Nixen?

Mit einem Schlag wurden alle nervös. Lifri und Finbar trabten zu Wandra. Auch Fairy und Edda stellten sich dazu. Dann schien es, als würden die fünf wieder in Gedanken miteinander sprechen.

»Weißt du, was sie sagen?«, flüsterte Eli Finja zu.

Bange schüttelte sie den Kopf. Doch sie konnte sich denken, worum es in dem Geheimgespräch der Wächterpferde ging. Beim Wasserrufer hatten ihre Fähigkeiten als Gardiella auch schon nicht richtig funktioniert. Bestimmt erzählte Fairy ihnen gerade davon.

Bei dem Gedanken wurde Finja schrecklich mulmig zumute. Wo vorher noch das Abenteuer in ihrem Bauch gekribbelt hatte, machte sich jetzt eine unangenehme Ahnung breit. Hatte sie als Gardiella versagt, weil sie zu selbstsicher an die Sache herangegangen war?

Da hörte sie inmitten ihrer ratternden Gedanken ein vertrautes »Quatsch«. Sie merkte, wie Fairy sie ansah. Dann sagte er auch schon laut: »Du hast gar nichts falsch gemacht. Aber dass ich den anderen vom Wasserrufer erzählt habe, damit liegst du richtig. Ich befürchte nämlich, dass das zusammenhängt.«

»Was denn?«, fragten Eli, Wulli und die Quellnixe neugierig.

Schnell erzählte Finja, was im Schirmwald geschehen war. Und auch, dass sie das Gefühl gehabt hatte, den Wasserrufer nicht ganz vom Vergessenszauber befreit zu haben. »Bei Aquella fühlt sich das jetzt genauso an«, fügte sie hinzu. Aber was genau fehlte, konnte Finja immer noch nicht sagen. Suchend schaute sie sich um und blieb an Fairys tröstenden Augen hängen. »Wenn ich nichts falsch gemacht habe, was ist es dann? Verliere ich meine Gabe?«

Noch bevor Fairy antworten konnte, rief Eli dazwischen: »Das glaube ich nicht. Denn dann hättest du Aquellas Namen nicht gewusst. Du hast es dieses Mal genauso toll gemacht wie sonst.«

»Danke«, murmelte sie. »Aber irgendetwas stimmt trotzdem nicht … «

»Ich hab doch gesagt, dass das Lied des Wassers wichtig ist«, schnaubte Wandra.

Da fiel es Finja wie Schuppen von den Augen. Was Wandra und auch Fairy längst aufgefallen war, wurde ihr selbst erst jetzt bewusst. »Der Wasserrufer hat auch etwas mit Wasser zu tun. Deshalb hat es bei den beiden nicht richtig funktioniert. Weil das Wasserlied nicht erklingt.«

Wandra nickte. »Und das ist erst der Anfang.«

»Du meinst, es wird noch schlimmer?«, brummelte Edda beunruhigt.

»Das Lied des Wassers ist eines der großen Geheimnisse in Isella«, erklärte Wandra ausweichend. »Dass ich euch zur Fanta Magia geführt habe, ist schon riskant. Hier herrschen Mächte, die nicht aus dem Gleichgewicht gebracht werden dürfen. Darum wird die magische Quelle auch so beschützt.«

»Du sprichst immer noch in Rätseln«, wieherte Finbar feurig. »Sag doch endlich, was es mit diesem Wasserlied auf sich hat.«

Und Lifri schnaubte: »Wenn wir nichts darüber wissen, wie sollen wir dann helfen?« Er tänzelte luftig leicht auf Wandra zu und sah ihr fest in die Augen. »Du kannst uns vertrauen!«

»Daran liegt es nicht«, antwortete die silbergraue Stute rasch. »Es ist vielmehr so, dass die magische Quelle sehr empfindlich ist. Jede kleinste Störung könnte schreckliche Auswirkungen haben. Ihr seht ja selbst, was passiert, wenn das Lied des Wassers nicht mehr erklingt. Aber ihr habt recht. So kommen wir nicht weiter.« Sie drehte sich zu Aquella. Als diese Wandra jedoch bloß neugierig anschaute, gab das Wasserpferd sich endlich einen Ruck. »Also gut«, seufzte sie und begann zu erzählen. »In Isella gibt es eine geheime Quelle: Fanta Magia. Ihr Wasser ist nicht nur Wasser. Es ist magisch. Es fließt durch das ganze Land und versorgt alle mit ihren Kräften. Jeden Baum, jeden Stein, jedes Geschöpf. Das ist es, was Isella so einzigartig macht. Das Wasser der Fanta Magia. Dadurch konnte Isella überhaupt erst entstehen. Doch jetzt wird es kompliziert.« Wandra blickte in die gespannten Gesichter von Finja, Eli, Wulli und den Wächterpferden. »Selbst ich, als Wächterin über das Wasser, bin nicht in das ganze Geheimnis der Quelle eingeweiht. Ich weiß nur, dass die Quellnixen über Fanta Magia wachen. Und mehr noch. Sie sorgen auch für das Lied des Wassers. Sie entlocken der Quelle ihre Magie. Ohne das Lied ist die Quelle nämlich nur eine Quelle. Wie sie das anstellen, das weiß niemand … «

»Außer den Quellnixen?«, fragte Finja atemlos.

»Ja«, gab Wandra zu.

»Herrje«, knurrte Wulli. »Wir brauchen dieses Wasserlied, aber niemand weiß, wie es geht?« Er nickte mit seinem himbeerfarbenen Rüssel hinüber zu Aquella. Sie stand etwas abseits und blickte traumverloren in den Teich.

»Grunziwunz, da können wir lange warten, bis die sich wieder erinnert.«

Dabei machte er ein zerknirschtes Gesicht, und genauso fühlte sich auch Finja.

Doch zum Glück sagte Eli: »Wenn wir schon hier sind, schauen wir uns mal um. Vielleicht finden wir einen Hinweis, der uns weiterhilft? So schnell geben wir nicht auf!«

»Gute Idee«, rief Finja erleichtert. Gar nichts zu tun fühlte sich schrecklich hilflos an.

Doch kaum wollten die beiden den Teich umrunden, wieherte Wandra: »Die Mühe könnt ihr euch sparen, ihr zwei. Das hier ist ja gar nicht die magische Quelle.«

»Ist sie nicht?«, riefen Finja und Eli verdutzt.

Ehe Wandra antworten konnte, fiel Finjas Blick auf die Mitte des Teiches. Dorthin, wo das Wasser so leuchtend türkis war. Und der Strudel am Grund des Teichs alles aufwirbelte. An die Stelle, auf die auch Aquella schon die ganze Zeit starrte. Da war es auf einmal sonnenklar.

»Mist, das hätte mir auch früher auffallen können«, schimpfte Finja mit sich selbst. Keine Ahnung, wo sie heute mit ihren Gedanken war.

»Was denn?«, fragte Eli neugierig.

»Na, die Quelle«, antwortete sie und deutete auf den Strudel. »Fanta Magia ist dort unten.«

Jetzt sah Eli es auch. Und alle anderen. Neugierig kamen sie zum Teichrand und blickten hinab. Wenn man genau hinsah, war dort ein dunkles Loch, aus dem der Strudel herauskam. Ziemlich unheimlich sah das aus.

Aquella trat nun ebenfalls näher. »Wieso schaut ihr alle so?«, fragte sie verwirrt. »Dort unten ist doch bloß unser Zuhause.«

Erstaunt sah Finja die Obernixe an. »Ehrlich? Ihr wohnt da?«

Aquella nickte. »Aber sicher doch. Was hast du denn gedacht?«

Eigentlich hatte sie gar nichts gedacht. Bis heute hatte Finja nicht einmal gewusst, dass es Nixen wirklich gab. Also hatte sie natürlich auch nie überlegt, wo sie schlafen könnten. Jetzt hingegen schon. Aber der Teich war so klein. Und das Loch in der Mitte noch viel kleiner. Wie konnte man dort also wohnen? Oder schlafen?

Doch Eli hatte recht. Wenn sie schon mal hier waren, sollten sie sich auch genau umsehen. Und zwar direkt an der Quelle! Vielleicht gab es dort irgendetwas, das Finja half, den Quellnixen ihre ganze Erinnerung zurückzugeben. Denn auch damit hatte der Wiesenelf recht: So schnell gaben sie nicht auf. Sie mussten dort hinunter. Es war ihre einzige Chance, Isella zu retten. Nur wie?

Wildschönmagie wie nie!

In Finjas Kopf wirbelten die Gedanken wild durcheinander. Wie sollten sie zur Quelle gelangen? Niemand von ihnen konnte unter Wasser atmen. Außer Aquella natürlich, die war ja eine Quellnixe. Dann aber erinnerte Finja sich daran, wie Wandra in den Fluss im grünen Tal gesprungen war. Für ein Pferd war sie echt lange unter Wasser gewesen. War es möglich, dass das Wächterpferd ebenfalls unter Wasser atmen konnte?

Ganz unwahrscheinlich war das nicht! Immerhin konnte Lifri, das Luftpferd, fliegen. Edda, das Erdenpferd, konnte alles Mögliche wachsen lassen. Finbar, das Feuerpferd, hatte bestimmt auch eine spezielle Kraft. Bisher hatte Finja sie jedoch noch nicht gesehen. Bei Fairy hingegen wusste sie, dass er die Fantasie beflügeln konnte. Wieso also sollte das

Wasserpferd nicht auch über eine besondere Gabe verfügen?

Also fragte Finja Wandra einfach danach. Die silbergraue Stute nickte. »Warum willst du das wissen?«, fragte sie schnaubend.

Finja grinste verlegen. »Um den Quellnixen ihre ganze Erinnerung zurückzugeben, muss ich runter zur Quelle«, erklärte sie. »Vielleicht fällt mir dort etwas auf, das weiterhilft.«

»WAS?«, wieherte Fairy aufgebracht. »Alleine lasse ich dich ganz sicher nicht dorthin. Nur damit das klar ist! Du kannst unter Wasser ja gar nicht atmen. Und ich auch nicht. Wir können da nicht runter.« Das goldene Pferd funkelte Finja mit seinen schwarzen Augen an.

Fairy mochte es gar nicht, von ihr getrennt zu sein. In Mister Hanks Offenstall auf der Abalonfarm blieb er nur ihr zuliebe. Denn ohne ihn konnte Finja nicht durch

das Perlentor und somit auch nicht nach Isella gelangen. Schließlich war er der Wächter über die Fantasie. Vor allem aber war er ihr Freund. Und deshalb sagte Finja behutsam: »Wir haben keine andere Möglichkeit. Ohne das Wasserlied ist alles verloren. Wir müssen einfach einen Weg finden, dorthin zu gelangen. Ich habe auch schon eine Idee … «

»Wenn das so ist, komme ich auch mit«, meinte Eli abenteuerlustig.

»Von mir aus«, brummelte Edda.

Dankbar sah Finja die beiden an.

Finbar hingegen legte seine fuchsfarbenen Ohren an. »Igitt, Wasser«, schnaubte er. »Mich bringen da keine zehn Pferde hinunter.«

»Du musst nicht mitkommen«, sagte Finja schnell. »Und du auch nicht, Lifri. Es reicht, wenn wir gehen.« Sie nickte Eli, Edda und Fairy zu. Dann drehte sie sich zu Wulli. »Und dich brauchen wir natürlich auch!«

»Ich bin doch kein Wasserschwein«, grunzte das Wildschön entsetzt. »Unter Wasser kann ich nicht atmen.«

»Dafür kannst du etwas anderes!« Finja lächelte verschmitzt. »Nämlich zaubern. Mit deiner Wildschönmagie. Das letzte Mal hast du den Wächterpferden Flügel gezaubert. Damit wir mit den Winden fliegen konnten, weißt du noch? Deshalb kannst du uns dieses Mal bestimmt auch etwas zaubern, womit wir unter Wasser atmen können.«

»Und was soll das bitte schön sein?« Grummelnd peitschte Wulli mit seinem pfirsichfarbenen Ringelschwänzchen.

»Vielleicht so etwas wie eine Tauchermaske«, überlegte Finja laut. Aber funktionierte die auch bei Fairy, Edda und Wulli? Oder besser Kiemen? Obwohl die Vorstellung nicht so toll war. Finja schüttelte ihre honigblonden Locken. Dann vielleicht lieber ein U-Boot? Oder eine riesige Luftblase, in der sie alle schwebten? Wie die Seifenblase von Wullis Wildschönmagie ... Damit hatte er sie schließlich schon häufiger transportiert. Besonders in brenzligen Situationen, wo man schnell verduften musste. Die Idee mit der Seifenblase war also gar nicht so übel. Doch was würde passieren, wenn sie unter Wasser zerplatzte? War das dann nicht total gefährlich?

Jetzt verstand Finja, wieso Fairy eben so heftig reagiert hatte. Ihr Vorhaben war wirklich alles andere als einfach. Aber irgendeine Lösung musste es doch geben …

»Wie machst du das eigentlich genau unter Wasser?«, fragte Finja Wandra gedankenversunken.

Die silbergraue Stute schüttelte ihre Wasserfallmähne. »Es ist meine Haut«, verriet sie. »Sie kann unter Wasser atmen.«

»Wow, ganz schön cool«, sagte Eli beeindruckt.

»Ach, deshalb hat dein Fell im Fluss so geschimmert.« Jetzt erinnerte Finja sich wieder. Und sah Aquellas Haut nicht genauso seidig schimmernd aus? Na klar, sie atmete ebenfalls über die Haut! Dann fiel Finja noch etwas ein. Dieses Mal aber hatte das ausnahmsweise nichts mit ihrer blühenden Fantasie zu tun. Oder mit Isella.

Im Naturkundeunterricht ihrer alten Schule hatten sie nämlich einmal etwas über Frösche gelernt. Auch sie konnten über ihre Haut unter Wasser atmen. Hautatmung nannte man das. Wenn das sogar in der Menschenwelt klappte, dann hier ja wohl erst recht. Isella war schließlich das Land der Fantasie. So könnte es funktionieren!

Aufgeregt drehte Finja sich zu Wulli. »Kannst du uns eine Atemhaut zaubern?«, platzte sie heraus.

Das Wildschön sah sie verdutzt an. »Eine was?« Manchmal kam Wulli bei Finjas Ideen eben einfach nicht so schnell mit.

Also erklärte sie es. »Stell dir vor, du atmest über die Haut und nicht über die Nase.«

»Du meinst Rüssel«, unterbrach Wulli sie.

Finja grinste. »Von mir aus. Jedenfalls kann diese Atemhaut Sauerstoff aus dem Wasser filtern. Darum schimmert sie auch so. Weil sie viel dünner ist als normale Haut, verstehst du?«

»Nicht so richtig«, grummelte Wulli, schielte aber dennoch neugierig hinüber zu Aquella. Dann schien er einige Zeit mit sich zu kämpfen, bis er schließlich seufzte: »Von mir aus. Versuchen kann ich es ja mal!«

»Super«, jubelte Finja und ignorierte Fairys skeptischen Blick. »Willst du mit mir anfangen?«

Schon wollte Fairy erneut protestieren, doch Wulli grunzte unter seinen himmelblauen Wackelohren: »Lass mich zuerst. Wenn was schiefgeht, kann ich mich in Nullkommanix wieder zurückzaubern.«

»Einverstanden.« Finja nickte. Auch wenn sie Wullis Zauberkünsten vertraute, war es so bestimmt vernünftiger.

Gespannt sahen sie zu, wie Wulli seine bunten Borsten schüttelte. Ein feiner Schimmer legte sich um ihn, bis eine Seifenblase entstand. Darin stand Wulli und kniff seine Knopfaugen zu, so sehr konzentrierte er sich. Das dauerte eine ganze Zeit lang. Dann machte es *plopp*, und die Seifenblase zerplatzte. Heraus trat ein Wulli, der nicht nur quietschbunt war. Sondern auch glänzte und schimmerte wie eine Discokugel.

»Siehst gut aus«, meinte Fairy keck. »Aber wird es auch klappen?«

»Das werden wir gleich sehen«, grunzte Wulli und stakste auf seinen krummen Beinchen zum Teich. Er lief immer weiter ins Wasser, bis nur noch sein Ringelschwänzchen herausguckte.

Gespannt sahen Finja, Eli und die fünf Wächterpferde zu. Sogar Aquella beobachtete das Geschehen nun neugierig. Wulli begann unter Wasser mit seinen

Beinchen zu strampeln. Zuerst dachte Finja, er bekäme keine Luft. Doch dann sah sie, dass das Wildschön versuchte, zu tauchen. Bald hatte er den Dreh raus. Als sein Rüssel wieder zum Vorschein kam, grunzte er vergnügt: »Saustark, so eine Atemhaut! Klappt tippitoppi!«

»Juhuuu!« Vor Begeisterung klatschte Finja in die Hände. »Wulli, was würden wir nur ohne dich machen!«

»Jedenfalls nicht auf Tauchstation gehen«, grunzte das Wildschön und kletterte aus dem Wasser. Dann schaute er in die Runde. »Von mir aus können wir loslegen.«

Tapfer trat Finja vor. Fairy folgte ihr sofort. Auch Eli und Edda kamen dazu.

Wulli schüttelte wieder seine Borsten. Dieses Mal kräftiger. Denn die Seifenblase musste groß genug werden, dass sie alle darin Platz hatten. Bald schimmerte es um sie herum in den kräftigsten Regenbogenfarben. Wie immer wurde Finja davon etwas schwummrig. Dabei spürte sie ein Kribbeln auf der Haut. Das war neu. Als es *plopp* machte und die Seifenblase zerplatzte, wusste sie auch, wieso das so war. Ihre Haut sah nun aus wie die von Aquella. Seidig schimmernd. Fairy hingegen glänzte noch goldener als sonst. Eddas braunes Fell strahlte karamellfarben. Am meisten jedoch hatte Eli sich verändert. Seine Haut, die sonst die Farbe von hellbrauner Erde hatte, schillerte nun in einem kräftigen Kupferrot. Prüfend streckte der Wiesenelfenjunge seine Hand ins Wasser. Jetzt sah sie wieder aus wie immer.

»Ach, so ist das«, murmelte Eli und zog die Hand wieder heraus. »Diese Atemhaut schillert nur an Land so.« Er grinste in die Runde. »Bereit für ein Unterwasser-Abenteuer?«

»Und wie«, jodelte Wulli und sprang mit einem lauten Platschen in den Teich.

Finja lachte. Als sie jedoch in das strenge Gesicht von Wandra blickte, riss sie sich zusammen. »Keine Sorge«, beruhigte sie das Wasserpferd. »Wir werden schon darauf achten, dass wir die Quelle nicht stören.« Sie stieg nun selbst in den Teich, gefolgt von Fairy, Edda und Eli. Wandra war natürlich auch dabei. Langsam wurde es ganz schön eng. Keine Ahnung, wie das erst unter Wasser werden sollte. Aber das würden sie gleich herausfinden, dachte Finja.

Nun kam auch Aquella zu ihnen in den Teich. Sie schwamm zu Finja und sah sie mit ihren leuchtenden Augen an.

»Kannst du uns in dein Zuhause bringen?«, bat Finja sie.

Die Obernixe nickte, ehe ihr Kopf auch schon untertauchte. Im glasklaren Wasser sah Finja, wie sie im strudelnden Loch am Teichgrund verschwand.

Unter Wasser

»Worauf warten wir noch?«, fragte Eli. Er griff nach Eddas Mähne, und gemeinsam tauchten sie ab. Kurz sah man die beiden auf den Strudel zuschwimmen, bis sie blitzschnell in ihn hineingezogen wurden und verschwanden.

»Was ist überhaupt hinter dem Strudel?« Besorgt sah Fairy Wandra an.

»Keine Ahnung«, antwortete die silbergraue Stute. »Ich war selbst noch nie bei der Quelle. Wie gesagt: Es ist ein Ort, der geschützt werden muss. Vergesst das nicht, wenn wir unten sind.« Dann tauchte auch sie ab und ließ sich vom Strudel verschlucken. Als Nächstes war Wulli dran. Jetzt waren nur noch Finja und Fairy übrig.

Finbar und Lifri wieherten am Ufer: »Wir warten hier auf euch. Falls ihr etwas braucht.«

Dankbar nickte Finja ihnen zu. Als sie sich wieder umdrehte und in die Augen ihres goldenen Freundes blickte, spürte sie seine Angst, als wäre es ihre eigene.

»Es wird schon gut gehen«, flüsterte sie Fairy zu. »Wenn du willst, tauchen wir erst mal eine Runde. Was hältst du davon?«

Erleichtert nickte der Goldpalomino.

»Dann auf drei«, sagte sie und begann zu zählen: »Eins, zwei … drei!« Sie griff nach Fairys Goldmähne, und gemeinsam tauchten sie unter.

Im Wasser hielt Finja die Luft an. Und sie kniff die Augen zu. Das tat sie beim Tauchen im Schwimmbad auch immer. Dann jedoch spürte sie, wie ihre Haut kribbelte. Sie bekam Luft, obwohl sie immer noch den Atem anhielt. Das war ein komisches Gefühl. Überrascht öffnete Finja die Augen.

»Unglaublich!« Begeistert schaute sie zu Fairy, der neben ihr gerade genauso verwundert dreinguckte. »Es ist, als wären wir gar nicht unter Wasser.« Nur dass sie schwebten, anstatt zu gehen. Aber das war schon der einzige Unterschied.

Fairy ruderte mit seinen Hufen, als würde er galoppieren. Er wirkte jetzt viel gelassener. »Gar nicht mal so schlecht«, schnaubte er und zog Finja mit in Richtung Strudel. Sie näherten sich dem türkisblauen Wasser. In der Mitte des Strudels schien ein Loch zu sein, durch das sie hindurchmussten. Wie beim Perlentor, dachte Finja. Es war auch jedes Mal eine Überwindung, mit Fairy im gestreckten Galopp auf die Felsen zuzureiten.

Der Goldpalomino dachte wohl dasselbe, denn er beschleunigte seine Schritte. Dann wurden sie auch schon vom Strudel mitgerissen und ordentlich herumgeschleudert. Finja hatte das Gefühl, in einer Waschmaschine gelandet zu sein. Als die Welt endlich wieder aufhörte, sich zu drehen, staunte sie noch mehr.

Vor ihnen erstreckte sich ein kleines Tal. Unter Wasser natürlich. In den Felshängen des Talkessels waren Höhlen, aus denen heimeliges Licht strahlte. Bei genauerem Hinsehen erkannte Finja, dass es Wohnungen waren. Denn sie sah Quellnixen darin, wie sie kochten oder sich die Haare kämmten. Bunte Fische flitzten an ihnen vorbei. Unterwassergräser wogten hin und her. Von der Wasseroberfläche brachen Sonnenstrahlen durch, sodass das Wasser noch türkisfarbener aussah. Und es war beinahe so hell wie über Wasser.

»Willkommen«, sagte Aquella und schwamm auf Finja zu. Ihr Kleid war nun golden und bauschte sich um sie herum auf. Finja begriff, dass das türkisfarbene Wasserkleid an Land wohl ein Schutzmantel gewesen war, damit ihre Atemhaut an Land nicht zu sehr austrocknete.

Neben Aquella schwebte Wandra im Wasser. Und Eli kam auf Eddas Rücken näher. Auch Wulli strampelte mit seinen krummen Beinchen zu ihnen.

»Hallöchen«, grunzte das Wildschön vergnügt.

»Damit hat niemand gerechnet, was?« Er ruderte eine Runde um sie herum, ehe er sich neben Finja und Fairy platzierte. »Also, mir gefällt es hier.«

»Bist vielleicht ja doch ein Wasserschweinchen«, zog Fairy das knallbunte Wildschön freundschaftlich auf.

Wulli grinste breit. »Wildschöne sind eben sehr vielseitig«, jodelte er und drehte eine Pirouette im Wasser.

Alle lachten. Ihnen war anzusehen, wie erleichtert sie über die funktionierende Atemhaut waren.

Vielleicht bemerkte Finja das sonderbare Gebäude deshalb erst jetzt. Es war in die Felsen gebaut. Zwei große Säulen bewachten den Eingang. Ein geheimnisvolles Licht drang daraus hervor.

»Was ist das?«, fragte sie neugierig.

Aquella zuckte mit den Schultern. »Keine Ahnung. Irgend so ein Haus«, antwortete sie.

Eher ein Tempel, dachte Finja und schwamm näher. Ihre Freunde folgten ihr. Als Finja die Säulen erreichte, spürte sie, wie alles in ihr zu kribbeln begann. Sie hatte sich nicht getäuscht. Das Gebäude schien wirklich ein Tempel zu sein. Und wichtig! Er war aus schimmernden Steinen gebaut, von denen das geheimnisvolle Leuchten ausging. Im Inneren reichten sie hoch bis zur Kuppel. Dort befand sich eine Öffnung. Sonnenstrahlen drangen durch das Loch und wurden von den schimmernden Steinen reflektiert.

Genau darunter befand sich ein Becken. In geschwungenen Buchstaben stand dort ein Name. ATNAF AIGAM. Hä? Das war ja seltsam. Verwundert schüttelte Finja den Kopf. Nicht nur, dass der Name komisch klang. Auch das Wasserbecken war merkwürdig. Schließlich befanden sie sich ja unter Wasser. Da brauchte man doch eigentlich kein Becken. Vorsichtig schwamm sie darauf zu. Das Wasser im Becken gurgelte kläglich vor sich hin. Daneben war ein Podest. Es war ebenfalls aus diesem schimmernden Stein. Doch das Podest war leer.

»Was ist das hier?«, fragte Fairy in die Stille. Als Finja sich umdrehte, blickte sie in die fragenden Gesichter ihrer Freunde.

»Ich glaub, das hier ist die wahre Quelle«, flüsterte sie. »Fanta Magia.«

»Aber dort oben steht doch ganz was anderes«, grunzte Wulli.

»Ich weiß«, gab Finja zu. Und dennoch spürte sie die Macht, von der Wandra erzählt hatte. Hier war tatsächlich etwas im Spiel, das nicht gestört werden durfte. Leise bedeutete Finja ihren Freunden, den Tempel wieder zu verlassen.

»Und?«, fragte Eli, als sie draußen waren. »Ist dir etwas aufgefallen?«

Finja nickte. »Das Wasser in diesem Becken hat genauso wenig geblubbert wie das im Tümpel des Wasserrufers. Deshalb funktioniert es nicht. Die Quelle fließt kaum noch, weil das Lied des Wassers fehlt.«

»Das habe ich befürchtet«, schnaubte Wandra.

»Sofern es wirklich die Quelle ist«, wandte Wulli ein.

»Vielleicht hilft es ja, wenn du den anderen Quellnixen erst mal ihre Erinnerung zurückgibst«, schlug Fairy vor. »Wenn sie sich gemeinsam erinnern, kommt ihr Wissen vielleicht auch gemeinsam zurück.«

Finja nickte heftig. »Ja, klar!«, rief sie.

Rasch schwammen sie zurück zu Aquella. Anscheinend hatte die Obernixe dieselbe Idee gehabt, denn sie hatte inzwischen alle zusammengetrommelt. Nun standen sieben weitere wunderschöne Quellnixen vor ihnen. Jede hatte einen Blumenkranz im Haar. Aber anstatt eines goldenen Kleides trugen die anderen Quellnixen silberne Gewänder. Auch ihr Haar war silbern. Alle sahen Finja erwartungsvoll an.

»Kannst du ihnen helfen?«, bat Aquella. »Auch sie wissen nicht mehr, wer sie sind.«

»Klar«, sagte Finja und spürte, wie sie dabei nervös wurde. Dieses Mal durfte sie nicht so verpeilt sein, wie sie es bei Aquella gewesen war.

Kaum hatte sie das gedacht, hörte sie mal wieder Fairys Stimme in ihrem Kopf.

»Du schaffst das! Ich bin bei dir, so wie du immer bei mir bist.«

»Danke«, flüsterte Finja heimlich zurück und straffte die Schultern. Dann versuchte sie, sich auf die silbernen Quellnixen zu konzentrieren. Sie blendete das türkisfarbene Wasser aus und die bunten Fischschwärme, auch den sonderbaren Tempel. Stattdessen sah sie nur die Quellnixen …

Und wirklich ploppten nacheinander ihre Namen in Finjas Kopf auf. Die Fantasie ließ sie nicht im Stich. Finja lachte vor Freude. »Hallo, Wasia, Arora, Sanata, Liboli, Fara, Elana und Oragina«, begrüßte sie die sieben silbernen Nixen. »Ihr seid Quellnixen. Gemeinsam beschützt ihr die magische Quelle Fanta Magia«, fügte sie feierlich hinzu.

Kaum hatte sie das gesagt, schienen die Quellnixen

aus einer Art Starre zu erwachen. Freudig umarmten sie sich und fingen aufgeregt an, miteinander zu quatschen.

»Aber das ist noch nicht alles«, rief Finja hastig. »Ihr entlockt der Quelle Magie. Indem ihr das Lied des Wassers erklingen lasst. Das ist für Isella sehr wichtig.«

»Lied des Wassers?«, wiederholten die silbernen Quellnixen verdutzt. »Was ist das?«

»Tja, das wäre auch zu schön gewesen«, grunzte Wulli. »Und jetzt? Es wird schon dunkel.« Er hielt seinen himbeerfarbenen Rüssel in Richtung Wasseroberfläche. Die Sonnenstrahlen waren inzwischen verschwunden. Stattdessen breitete sich Dämmrigkeit um sie herum aus.

»Solange wir nicht herausgefunden haben, was das Lied des Wassers ist, sollten wir hierbleiben«, mahnte Wandra.

»Und wo sollen wir bitte schön schlafen?«, grunzte Wulli schlecht gelaunt. »Außerdem habe ich Kohldampf!«

»Ihr seid natürlich alle herzlich bei mir eingeladen«, sagte Aquella und zeigte zu den Wohnhöhlen in den Felsen.

»Und was gibt es zu futtern? Algen?«, grummelte er. Wenn das Wildschön Hunger hatte, war seine Laune echt im Keller.

Aquella lächelte nachsichtig. »Noch etwas viel Besseres! Sinabinob! Wächst nur unter Wasser und schmeckt unglaublich gut.«

»Das werden wir ja sehen«, grunzte Wulli herausfordernd und dackelte ihr hinterher.

Während auch sie den beiden folgten, sagte Eli amüsiert zu Finja: »Hoffentlich schmeckt dieses Sinabinob wirklich so gut. Sonst wird es schwierig, Wulli bei Laune zu halten.«

Ein geheimnisvolles Dingsda

Die Wohnhöhle von Aquella war riesig. Und alles war total gemütlich eingerichtet. Finja staunte nicht schlecht, als sie sich neugierig umsah. Andererseits befanden sie sich in Isella. Im Land der Fantasie war eben alles möglich. Auch dass Fairy, Edda und Wandra nun ebenfalls die Wohnhöhle betraten. In der Menschenwelt wäre so etwas undenkbar. Pferde in einem Haus?! Niemals! Hier jedoch waren die drei Wächterpferde mehr als willkommen.

»Fühlt euch wie zu Hause!«, sagte Aquella.

Das ließ Eli sich nicht zweimal sagen. Schon plumpste er in einen der Sitzsäcke. Sie waren aus flauschigen, korallenfarbenen Schwämmen. Davor stand ein kleines Tischchen aus einer morschen Baumwurzel. Ein Flusskrebs linste aus einem der vielen Löcher hervor.

An der Höhlendecke sorgten Glitzerfische für Licht. Süßwassergräser schlängelten sich eine Felswand hinauf wie ein Türvorhang. Dahinter verschwand Aquella jetzt. Bald hörte man sie munter klappern und werkeln. Das klang wie bei Mama, wenn sie das Abendessen zubereitete.

Bei dem Gedanken knurrte Finja der Magen. »Hoffentlich ist das dort die Küche«, sagte sie und ließ sich neben Eli in einen Sitzsack fallen. Erst jetzt merkte sie, wie hungrig sie war. Und müde! Der Tag war ganz schön anstrengend gewesen. Die anderen sahen ebenfalls erschöpft aus. Bis auf Wulli. Der guckte einfach nur megahungrig. Wie selbstverständlich folgte er der Obernixe durch den Türvorhang. Fairy, Edda und Wandra hingegen gesellten sich zu Finja und Eli.

Dann ließ das Erdenpferd drei große Grasbüschel vor ihnen wachsen und schnaubte: »Lasst es euch schmecken!«

Fairy und Wandra versenkten sofort die Nüstern im frischen Gras.

»Die haben es gut«, seufzte Eli und stutzte. »Moment mal! Ich könnte ja auch was wachsen lassen. Vielleicht einen Bonibanibaum? Wulli würde ausrasten vor Freude. Obwohl … « Er blickte sich um. »So viel Platz ist hier dann auch wieder nicht. Bonibanibäume sind riesig. Und es dauert, bis sie Früchte tragen. Lieber etwas anderes … « Er schnipste mit den Fingern.

In dem Moment kam Aquella hinter dem Vorhang hervor. In ihren Händen trug sie ein Tablett. Auf dem türmten sich allerlei Dinge. Knallgelbe Algen. Moosgrüne Fächer. Kleine Fläschchen aus spitzen Zwirbelschneckenhäuschen. Pinkfarbene Kugeln und flache Fladen, die wie Pfannkuchen aussahen. Feierlich stellte sie das Tablett auf das Baumwurzeltischchen. Dann teilte sie große Seerosenblätter aus, die ihnen als Teller dienten. »Bedient euch«, sagte die Obernixe.

Finja lächelte gequält. »Hoffentlich schmeckt es«,

raunte sie Eli zu. »Sonst wäre ich dir echt dankbar, wenn du später wirklich noch was wachsen lassen könntest. Vielleicht ein paar Himbeeren oder Erdbeeren.«

»Himbeeren? Erdbeeren?« Eli runzelte die Stirn. »Kenne ich nicht.«

Doch ehe Finja ihm erklären konnte, wie das leckere Obst aus der Menschenwelt aussah, schoss Wulli aus der Küche. Das breite Grinsen unter seinem Löckchenbart war kaum zu übersehen. »Ihr werdet es nicht glauben«, jodelte er aufgekratzt. »Niemals werdet ihr das für möglich halten!«

»Was denn?«, fragten Finja und Eli gleichzeitig.

Das Wildschön zeigte mit dem Rüssel auf die pinkfarbenen Kugeln vor ihnen auf dem Tablett. Dann schnappte Wulli sich eine und verschlang sie mit einem Happs. »Sinabinob schmecken wie Bonibanis!!! Ist das nicht grunziwunzitoll?!« Schon grapschte er nach der nächsten.

Finja und Eli langten lieber auch zu, bevor Wulli noch alles alleine auffutterte. Als sie in die Sinabinob hineinbissen, rissen sie überrascht die Augen auf. Denn es stimmte, was Wulli gesagt hatte.

Aquella lachte. »Die schmecken gut, nicht?«

Finja und Eli nickten. »Fantastisch«, antworteten sie mit vollem Mund.

Plötzlich kam der Flusskrebs aus dem Tisch hervorgekrabbelt und zerschnitt die Pfannkuchen fachmännisch in mundgroße Happen.

Mutig griff Finja danach. »Auch nicht übel«, sagte

sie anerkennend. Denn die Fladen schmeckten tatsächlich beinahe wie Pfannkuchen. Vor allem, wenn man sie in die süße Flüssigkeit tunkte, die sich in den Zwirbelschneckenhäusern befand.

Als sie schließlich alle pappsatt waren, boten Finja und Eli an, Aquella beim Aufräumen zu helfen. Schon im Eingang zur Küche hielt Finja jedoch inne. Zwischen einer Steinanrichte und einem Wurzelschrank stand ein gigantisches Ding. Es reichte bis hoch zur Höhlendecke und überragte alles. Der gebogene Rahmen war aus dem schimmernden Stein aus dem Tempel. Dazwischen waren Saiten gespannt. Grünes Gebüschel wogte vor ihnen im Wasser.

»Was ist das?«, fragte Finja.

Während Aquella das leere Tablett abstellte, zuckte sie mit den Schultern. »Irgend so ein Dingsda. Es ist ganz praktisch zum Algenzüchten. Wieso?«

»Nur so«, murmelte Finja und fuhr nachdenklich mit den Fingern über den Rahmen. Der Schimmerstein fühlte sich kühl an. Und irgendwie erinnerte Finja das Ding an eine Harfe. Nur dass es viel größer war und bestimmt tonnenschwer. Bei einem aber war sie sich sicher: Dieses Dingsda war garantiert nicht zum Algenzüchten gedacht, sondern gehörte zum Tempel der magischen Quelle.

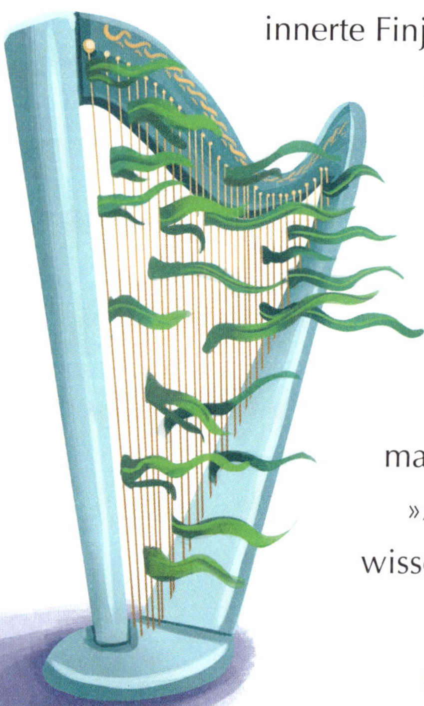

»Alles in Ordnung?«, wollte Eli wissen.

»Ich hab nur so ein Gefühl«, murmelte sie und unterdrückte ein Gähnen.

»Kein Wunder, dass ihr erschöpft seid«, meinte Aquella. »Kommt, ich zeige euch, wo ihr schlafen könnt.«

Finja und Eli riefen den anderen »Gute Nacht« zu und folgten Aquella durch einen weiteren Durchgang. Dieses Mal führte er steil nach oben. Dort wartete in einer Felsennische aus korallenfarbenen Schwämmen ein riesiges Bett auf sie. Aquella zog sich in ihr eigenes Schlafzimmer zurück.

»Sollten wir nicht lieber was wegen der Quelle unternehmen, anstatt zu schlafen?«, fragte Finja unsicher, als sie alleine waren.

Eli schüttelte seine Grashaare. »Wir sind alle ganz schön erledigt. Morgen ist auch noch ein Tag.«

»Na gut.« Finja nickte. Sie hörte, wie Fairy, Edda und Wulli es sich unter ihnen in der Wohnhöhle gemütlich machten.

»Du hast mir noch gar nicht erzählt, ob es mit deiner Tante geklappt hat«, sagte Eli, als sie ins Bett gekrabbelt waren. Um sie herum war es nun still geworden. Nur das Gluckern des Wassers war zu hören. »Du wolltest doch ausprobieren, ob du sie mit deiner Gabe vom Vergessenszauber befreien kannst.« Neugierig sah er Finja mit seinen sonnengesprenkelten Augen an. »Und?«

Finja zuckte mit den Schultern. »Ich weiß nicht genau. Manchmal hat sie echt gute Tage. Wie an meinem Geburtstag. Da hat Tante Margret es eingefädelt, dass Fairy nun offiziell mir gehört. Also, in der Menschenwelt. Hier gehört er sich natürlich nur sich selbst«, fügte sie rasch hinzu, als Eli verdutzt die Stirn runzelte. »Kurz habe ich also wirklich geglaubt, es hätte funktioniert«, gab sie leise zu. »Doch danach hatte Tante Margret wieder schlechte Tage. Da weiß sie gar nichts. Nicht mal, wenn ich ihr sage, wer sie ist.«

»Vielleicht hat das ja auch etwas mit dem Lied des Wassers zu tun«, murmelte Eli schläfrig.

»Meinst du?« Darüber hatte Finja noch nicht nachgedacht. Hatte ihr Freund recht? Wandra hatte ja gesagt, dass das Wasser Magie besaß. Doch erst mal musste Finja es schaffen, den Quellnixen ihre ganze Erinnerung zurückzugeben.

Vielleicht könnte sie dann ein Fläschchen von dem

magischen Wasser für Tante Margret mitbringen, überlegte sie jetzt. Mama hatte zwar gesagt, dass es gegen Demenz kein Heilmittel gab. Aber ihre Mutter wusste ja auch nichts von Isella. Einen Versuch war es also wert. Und mit diesem aufregenden Gedanken schlief Finja ein.

Das Wasser erwacht

Mitten in der Nacht wachte Finja auf. Eli schlief tief und fest. Und sonst war auch alles ruhig. Dennoch hatte sie das Gefühl, dass irgendetwas anders war. Als sie sich umsah, entdeckte Finja, dass sich die Farbe des Wassers verändert hatte. Es war fast dunkel wie die Nacht. Doch dazwischen leuchtete es faszinierend wie Polarlichter. Wo kam das her?

Leise krabbelte sie aus dem Unterwasserbett und folgte dem geheimnisvollen Licht. Sie schwamm durch den Durchgang nach unten. In der Küche stand das Dingsda. Das Leuchten kam von ihm. Es strahlte in einem kräftigen Blau. Ehrfürchtig fuhr Finja über den Schimmerstein. Dabei fragte sie sich, warum er plötzlich so leuchtete. Ob das im Tempel genauso war?

Sie zögerte nicht lange und schwamm an ihren schlafenden Freunden vorbei. Kurz überlegte sie,

Fairy zu wecken, entschied sich aber dagegen. Sollte ihre Entdeckung wichtig sein, würden Fairy und die anderen schon noch früh genug davon erfahren.

Vor Aquellas Wohnhöhle merkte Finja sofort, dass sie sich nicht geirrt hatte. Der Tempel leuchtete bis hierher. Zwar hatte er bei Sonnenlicht auch schon geheimnisvoll geschimmert. Jetzt aber strahlte er in den schönsten Blautönen: Azur, Lapislazuli, Indigo und Kobaltblau. Der ganze Tempel war in dieses magische blaue Licht gehüllt. Neugierig schwamm Finja näher.

Im Tempelinneren war das geheimnisvolle Licht noch kräftiger. Die Schimmersteine schienen beinahe zu explodieren. Als ihr Blick zur Kuppel hinaufwanderte, begriff Finja, was los war.

»Mond«, rief sie überrascht. »Es ist wegen dir! Deine Mondstrahlen lassen die Schimmersteine so leuchten. Jetzt verstehe ich, wieso. Weil es Mondsteine sind, stimmt's?!«

Das Leuchten wurde stärker. Kurz darauf ertönte eine vertraute Stimme durch das Loch der Kuppel. Sie klang etwas verschwommen. Bestimmt, weil Finja unter Wasser war. Dennoch verstand sie den Mond,

als er streng brummte: »War ja klar, dass du schon wieder nicht schläfst.« Mit einem Auge lugte er durch die Öffnung über ihr und räusperte sich streng. Der Mond mochte es nämlich gar nicht, wenn man seine Nachtruhe störte. In Isella kam es deshalb immer wieder vor, dass er einen ins Bett scheuchte. Doch im Grunde meinte er es nur gut. Er passte eben nachts auf alle auf. Und er wusste jede Menge!

Darum sagte Finja jetzt auch erleichtert: »Gut, dass du da bist! Ich brauche deine Hilfe. Die Quellnixen wissen nicht mehr, wie sie das Lied des Wassers spielen sollen. Aber ohne das Wasserlied kann ich ihre

Erinnerung nicht zurückholen. Isella braucht das Wasser der Fanta Magia. Hast du einen Rat für mich?«

»Du wirst staunen«, antwortete der Mond lachend, »den habe ich wirklich. Geh heute Nacht ausnahmsweise nicht ins Bett. Sondern sieh dich um, Gardiella! Und vergiss nicht: Wenn alle Hoffnung verloren scheint, gibt es immer jemanden in Isella, der hilft.« Dann verschwand sein Auge aus der Luke. Übrig blieb nur das Leuchten der Mondsteine in seinem Mondlicht.

Das war wieder mal typisch, dachte Finja. Der Mond sprach gern in Rätseln, sodass man danach erst mal nicht viel schlauer war. Sondern bloß neugieriger. Interessanterweise aber hatte er sie dieses Mal nicht ins Bett geschickt.

Sieh dich um, hatte der Mond gesagt. Und das tat Finja. Das Wasser im Becken blubberte immer noch spärlich. Das Podest daneben war immer noch leer. Und die Schrift darunter immer noch ko…

»Moment mal!« Verdutzt rieb Finja sich die Augen. Träumte sie? Jetzt im Mondlicht stand dort gar nicht mehr dieses komische Wort: ATNAF AIGAM, sondern etwas anderes. Etwas viel Logischeres, nämlich: FANTA MAGIA!

»Heiliger Bimbam«, entfuhr es Finja, als sie eins und eins zusammenzählte. »Die Wörter sind ja verkehrt herum! Und nur mit Mondlicht kann man sie lesen. Weil der Tempel aus Mondsteinen gebaut ist. Und Mondstein braucht Mondschein … Vielleicht auch die Quelle selbst?!« War das der Grund, warum der Mond gewollt hatte, dass sie aufblieb? Weil das Lied des Wassers nur bei Mondschein gespielt werden konnte?

Bei dem Gedanken wurde Finja ganz kribbelig zumute. Sie kam der Lösung näher. Aber irgendetwas fehlte noch. Etwas, das sehr wichtig war. Etwas, das sich sonst im Tempel befand. Jetzt aber nicht.

»Das kann nur das Dingsda aus Aquellas Küche sein«, murmelte sie. Immerhin war es auch aus Mondstein gebaut. Und hatte es nicht wie eine riesengroße Harfe ausgesehen? Auch dieser Gedanke fühlte sich richtig an.

Bestimmt war das Dingsda das fehlende Puzzlestück. Aufgeregt schwamm sie zurück zu Aquellas Wohnhöhle. Vor der Wasserharfe in der Küche hielt sie an und versuchte, das Instrument zu bewegen. Doch es rührte sich kein bisschen.

»Kannst du mir verraten, was du da machst?« Verschlafen blinzelte Fairy durch den Wassergrasvorhang. »Warum schläfst du nicht?«

Hastig erzählte Finja, was sie im Mondsteintempel herausgefunden hatte.

»Lass mich mal«, sagte er und stupste mit den Nüstern an den Rahmen. Doch auch Fairy schaffte es nicht, die Wasserharfe zu bewegen.

Also weckten sie Wandra, Edda und Wulli. Keines der Wächterpferde war stark genug. Und Wullis Seifenblasenzauber prallte seltsamerweise am Schimmer der Mondsteine ab.

»Grunziwunz«, grunzte das Wildschön verdattert, als es zum bestimmt hundertsten Mal seine Borsten schüttelte. »Das ist mir ja noch nie passiert. Was jetzt?«

»Wir sollten Aquella wecken«, schnaubte Wandra.

»Und Eli«, brummelte Edda.

»Stimmt.« Finja nickte. An ihn hatte sie in der Eile nicht gedacht. Eli würde es nicht gefallen, wenn er das ganze Abenteuer verpennte. Rasch schwamm sie nach oben.

Zuerst klopfte sie bei Aquella, dann weckte sie den Wiesenelfen. Als die beiden halbwegs wach waren, erzählte Finja auch ihnen, was passiert war. »Kannst du die Wasserharfe zurück in den Tempel bringen?«, fragte sie Aquella.

Doch die Obernixe schüttelte den Kopf. »Keine Ahnung, wie das Dingsda in meine Küche gekommen ist. Ich kann mich nicht dran erinnern.«

»Irgendwie muss es gehen«, sagte Finja. »Die Wasserharfe kann nicht von selbst hergeschwommen sein.«

»Vielleicht ja doch.« Verschlafen grinste Eli, ehe er die Augen aufriss. »Nein, im Ernst. Bestimmt hat das Wasser die Harfe hergetragen. Wasser ist stark. Das Wasser kann uns helfen.«

Finja runzelte die Stirn. »Und wie sollen wir das dem Wasser sagen?!«

Eli gähnte. »Ist doch logo. Mit der Macht der fünf.«

Einen Moment lang fehlten Finja die Worte, dann rief sie: »Das ist eine geniale Idee!«

Die Macht der fünf war legendär. Als Wächter über die Elemente in Isella waren die fünf Wächterpferde unglaublich stark. Zusammen hatten sie den wilden Nordwind gebändigt und das grüne Tal zum Leben erweckt. Wenn es also jemand schaffen konnte, dann sie. Nur gab es dabei einen Haken.

»Wie überzeugen wir Finbar, dass er sich von Wulli eine Atemhaut zaubern lässt?«, überlegte Finja. »Als Feuerpferd mag er das Wasser nicht besonders.«

»Er lässt sich garantiert umstimmen, wenn er erfährt, wie wichtig es ist«, meinte Eli.

Und so war es auch. Als Finja und ihre Freunde aus dem Teich auftauchten, sahen sie, dass Finbar und Lifri Wort gehalten hatten. Die beiden Wächterpferde warteten noch immer geduldig am Ufer des Teichs.

Fairy erklärte ihnen, was los war. Finbar war sofort überzeugt und ließ sich von Wulli verzaubern. Sein Fell funkelte daraufhin bronzefarben. Lifris hingegen schimmerte weiß wie Perlen.

»Lasst uns keine Zeit verlieren«, drängte Wandra. »Wenn Finja recht hat, sollten wir das Dingsda in den Tempel bringen, solange der Mond scheint.«

Also tauchten sie gleich wieder ab und passierten

den Strudel. In Aquellas Wohnhöhle bildeten die fünf Wächterpferde einen Kreis. Sanft berührten sie sich mit den Köpfen, ehe sie im Chor wieherten:

»Wir sind die fünf, und wir sind da.
Wir machen Isella wunderbar.
Mit Feuer, Wasser, Luft und Erde,
dass Fantasie lebendig werde.«

Kaum waren ihre Worte verklungen, entsprang aus der Mitte der Wächterpferde eine Welle, die die Wasserharfe umschloss. Wie Wullis Seifenblasenzauber. Nur dass die Welle nicht schillerte, sondern blau war. Wie von unsichtbarer Hand trug sie die Wasserharfe hinüber zum Tempel. Und als sie auf dem Podest stand, passierte gleich noch etwas Fantastisches. Eine riesige Fontäne schoss aus dem Wasserbecken und prasselte auf die Wasserharfe hinunter. Das ließ ihre Saiten erzittern, und eine herrliche Melodie begann den Mondsteintempel zu erfüllen.

Das Lied der Nixen

»Haben wir es geschafft?«, rief Eli atemlos. Sie alle starrten wie gebannt auf das wundersame Harfenspiel. Dennoch spürte Finja, dass immer noch etwas fehlte.

Wandra ging es genauso. Und als Wächterin über das Wasser wusste sie auch, was es war. »Die Melodie stimmt, aber der Gesang fehlt.«

Finja stutzte. Was hatten die Wasserfallnixen noch mal gesagt? *Das Lied des Wassers kommt von den Quellnixen*. Und was brauchte ein gutes Lied? Musik UND Gesang! Das war es!

»Aquella«, rief sie aufgeregt. »Kannst du die anderen Quellnixen wecken? Ich weiß jetzt, wie das Lied des Wassers funktioniert. Ihr braucht bloß zur Harfenmusik zu singen.«

Auf das Gesicht der Obernixe schlich sich ein breites Lächeln. »Jetzt, wo du es sagst, kommt es mir bekannt vor.« Sie summte zur Melodie der Wasserharfe. »Wie geht noch mal der Text von diesem Lied?«

Ernsthaft? Sie waren doch schon so nah dran! Wie sollte sie bloß einen Liedtext erraten, der das Wasser herbeirufen konnte, dachte Finja bekümmert. Das war schier unmöglich. Obwohl … was hatte sie da gerade gedacht? *Das Wasser herbeirufen?*

Grübelnd suchte sie Fairys Blick. »Kannst du dich noch an das komische Lied vom Wasserrufer erinnern? Vielleicht ist es ja dasselbe … «

Im Glanz der Mondsteine leuchtete Fairys Fell noch goldener, als er antwortete: »War der Text nicht irgend so ein Kauderwelsch? Sebeil Ressaw … « Der Goldpalomino schüttelte die Mähne. »Tut mir leid, an mehr kann ich mich nicht erinnern.«

»Ich auch nicht«, gab Finja zu. So langsam gingen ihr die Ideen aus. Das war für eine Gardiella gar nicht gut! Verdrossen blickte sie zu ihren Freunden.

»Und wenn wir den Wasserrufer suchen gehen?«, schlug Lifri aufmunternd vor.

Wandra schüttelte ihre Wasserfallmähne. »Der Mond geht bald unter. Es würde zu lange dauern. Dann ist die Nacht vorbei. Noch ein Tag ohne Magie

würde ganz
Isella in Gefahr
bringen.«

Auch das noch, dachte Finja und spürte, wie das letzte Fünkchen Hoffnung in ihr schwand. Wie sollten sie das nur schaffen?!

Da rief Aquella plötzlich: »Seht nur! Hier wachsen ja Blumen!«

Vor Finjas Füßen hatte sich klammheimlich ein Meer aus Blumen ausgebreitet. Sie sahen wie lilafarbene Glöckchen aus. Innendrin jedoch waren sie pomponförmig und von einem zarten Weißrosa. Eine leise Melodie ertönte aus ihrem Inneren.

»Die Wanderblumen«, rief Finja erleichtert. »Sie sind gekommen, um zu helfen! Sogar unter Wasser. Der Mond hatte recht!« Sie erinnerte sich an seine Worte. Dass es in Isella immer Hilfe gab, wenn

alles hoffnungslos schien, hatte er gesagt. Dank dieser besonderen Blumen! Sie gab es nur in Isella, und sie wuchsen überall dort, wo jemand Trost und Zuversicht brauchte. Und wie immer klappte es. Finja fühlte sich sofort besser.

Auch in Fairys Augen glitzerte die Zuversicht. »Vielleicht können wir uns ja doch an das Lied erinnern«, wieherte er. »Nämlich gemeinsam!« Aufmunternd zwinkerte er Finja zu. Und während die Wanderblumen weiter ihre tröstende Melodie erklingen ließen, setzten die beiden den Text zusammen. Wort für Wort. Bis sie das seltsame Lied des Wasserrufers zusammengestückelt hatten.

»SEBEIL-RESSAW-ELDURPS-REIH-GNIRB-EIGAM-NOV-RID-UZ-RIM«, sagte Finja stolz. Erwartungsvoll blickte sie zu Aquella. Doch die Obernixe schien damit immer noch nichts anfangen zu können.

»Haben wir etwas vergessen?«, schnaubte Fairy verwundert.

»Ich weiß es nicht«, murmelte Finja.

»Seid ihr euch sicher, dass das überhaupt Worte sind?«, grunzte Wulli. »Für einen Liedtext klingen sie ziemlich komisch.«

»Und was ist, wenn es auch diese Spiegelschrift ist?«, überlegte Eli. Er zeigte hinauf zur Kuppel, wo das Wort FANTA MAGIA im Mondlicht strahlte. »Das klang ohne Mondlicht genauso seltsam.«

Finja riss die Augen auf. Das war's! Sie fingen gleich an, die Wörter zu enträtseln. Stück für Stück wurde aus dem komischen Kauderwelsch des Wasserrufers ein logischer Satz.

SEBEIL-RESSAW-ELDURPS-REIH-GNIRB-EIGAM-NOV-RID-UZ-RIM

LIEBES-WASSER-SPRUDLE-HIER-BRING-MAGIE-VON-DIR-ZU-MIR

Kaum hatte Finja die Liedstrophe richtig herum gesagt, fing Aquella vor Freude an zu lachen. »O ja! Das ist es! Jetzt weiß ich wieder alles. Wir dürfen keine Zeit mehr verlieren.« Blitzschnell schwamm die Obernixe aus dem Tempel. Kurz darauf kam sie mit den anderen sieben Quellnixen wieder.

Sie bildeten einen Kreis um das Wasserbecken und reichten sich die Hände. Dann begannen sie, sich zur

Musik der Wasserharfe zu bewegen. Und schließlich fingen sie an zu singen: »Liebes Wasser, sprudle hier! Bring Magie von dir zu mir.«

Immer und immer wieder, bis sich plötzlich etwas im Wasserbecken rührte. Wasser sprudelte heraus, mehr und immer mehr. Bald quoll es über den Rand des Wasserbeckens. Kleine, goldene Spiralwellen voller Magie. Sie breiteten sich im Mondsteintempel aus und ließen die Mondsteine noch heller schimmern.

Der Gesang der Quellnixen schwoll an, er erfüllte den Raum bis in den kleinsten Winkel … und ließ die Macht der Fanta Magia erwachen!

Finja wurde ganz feierlich zumute. Auch die anderen schauten ehrfürchtig.

»Du hast es geschafft«, schnaubte Fairy stolz, als sie leise aus dem Mondsteintempel schlichen, um die Quellnixen und vor allem die Quelle nicht zu stören.

»*Wir* haben es geschafft.« Überglücklich drehte Finja sich zu Eli, Wulli und den Wächterpferden um. »Ohne euch wäre das nicht möglich gewesen. Ich bin froh, so tolle Freunde wie euch zu haben.«

»Grunziwunz, du hast recht«, quiekte Wulli fröhlich. »Das müssen wir feiern. Bestimmt hat Aquella noch Sinabinob für uns übrig. Wenn sie mit ihrem Lied fertig sind, kann ich sie ja fragen.« Dann hielt das Wildschön verdutzt inne und wackelte mit den himmelblauen Ohren. »Hihi!« Wulli brach in lautes Gegrunze aus. »Sinabinob, hihi!«

»Was ist daran so lustig?«, fragte Fairy verwirrt.

Wulli kicherte noch mehr. »Da hätte ich echt schon früher draufkommen müssen. Schließlich bin ich der Bonibani-Experte hier.«

»Bonibani-Experte?« Eli hob die grasgrünen Augenbrauen. »Aber nur, wenn es ums Futtern geht!«

»Klar doch!« Wulli grunzte selbstbewusst. »Was sonst! Jedenfalls habe ich schon mal davon gehört, dass es eine zweite Sorte Bonibanis in Isella gibt. Sie wächst aber unter Wasser, sodass ich sie leider nie probieren konnte. Bis jetzt!«

»Ach so«, rief Finja, als sie ebenfalls begriff. »Sinabinob sind Bonibanis! Nur rückwärts! Auweia! Da hatten wir die Lösung die ganze Zeit vor der Nase.«

»Du meinst, auf dem Teller«, grunzte Wulli, und alle lachten.

Zurück zum Nixenwasserfall

»Ich weiß gar nicht, wie wir euch danken sollen.« Aquella tischte gerade das Frühstück auf. Berge von Sinabinob und anderen Köstlichkeiten. Dabei strahlte die Obernixe, als wäre sie in magisches Wasser getaucht.

»Das haben wir gern gemacht«, schmatzte Wulli, während er sich den Bauch mit Sinabinob vollschlug.

Auch Finja und Eli langten kräftig zu. Jetzt, wo das Lied des Wassers wieder erklang, schmeckte es gleich noch viel besser.

»Wir haben zu danken«, schnaubte Wandra. Sie stand mit den anderen Wächterpferden in einer Ecke der Wohnhöhle und ließ sich das Gras schmecken, das Edda für sie hatte wachsen lassen. »Ohne euch wäre Isella nicht so, wie es ist.«

»Wir hüten die Quelle gern«, sagte Aquella und

blickte wachsam in die Runde. »Nur wir Quellnixen sind in das Geheimnis von Fanta Magia eingeweiht. Ihr werdet sicher verstehen, dass sie weiterhin geheim bleiben muss?!«

»Kein Problem«, antwortete Finja. »Es ist ja nicht das erste Mal, dass wir in eine Sache hineingeraten sind, die eigentlich niemand wissen darf.«

»Ach so?«, fragte Aquella neugierig. »Welche denn?«

Finja grinste breit. »Netter Versuch!«

Die Obernixe lachte. »Ich sehe schon, ich muss mir keine Sorgen machen. Und jetzt langt zu. Der Mond geht schon unter. Es wird Zeit, dass wir das magische Wasser auch dorthin in Isella bringen, wo sonst kein Wasser fließt. Wir haben also jede Menge aufzuholen. Und ihr müsst bestimmt auch wieder nach Hause?!«

Ach, deshalb hatten die Quellnixen keine Schwanzflossen, erkannte Finja. Weil sie nicht nur unter Wasser lebten. Dann schoss ihr gleich noch ein Gedanke durch den Kopf. Sie wollte doch ein Fläschchen vom magischen Wasser für Tante Margret mitnehmen. Hoffentlich war es dafür noch nicht zu spät. Hastig sah sie sich um. Dummerweise hatte sie nichts dabei, um das Wasser zu transportieren.

Da fiel ihr Blick auf die Zwirbelschneckenhäuschen auf dem Tablett vor ihr. In ihrem Inneren befand sich die süße Flüssigkeit, die wie Karamell schmeckte und aus Wasserrosennektar gemacht wurde. Jedes dieser Zwirbelschneckenhäuser war mit einem Korken verschlossen. Ob sie als Fläschchen reichten?

Jetzt oder nie, dachte Finja. Bestimmt sprudelte die magische Quelle noch, solange der Mond da war. Wenn sie schnell war, würde sie vielleicht noch ein paar der kleinen, goldenen Spiralwellen einfangen können.

Also grapschte Finja sich ein leeres Schneckenhaus. »Bin gleich wieder da!«, rief sie und sauste damit hinüber zum Mondsteintempel.

Das Schimmern der Mondsteine verblasste bereits. Und die Wasserharfe hatte auch aufgehört zu spielen. Aber im Wasserbecken wirbelten noch viele Spiralwellen herum. Bestimmt war das der Vorrat an Magie bis zur nächsten Mondnacht, dachte Finja. Doch wenn sie sich bloß ein wenig davon nahm, würde es niemandem auffallen. Sie tauchte das Fläschchen ins Wasser und bugsierte einen der goldenen Kringel ins Schneckenhaus. Dann drückte sie den Stöpsel drauf und steckte das Zwirbelschneckenhäuschen in die Tasche ihrer Reithose.

Als sie zurückkam, fragte zum Glück niemand, wo sie gewesen war. Finja vermutete insgeheim, dass die anderen es nicht gutheißen würden, etwas aus Isella in die Menschenwelt mitzunehmen. Aber sie wussten ja nicht, wie übel es Tante Margret an ihren schlechten Tagen ging. Auch wenn Mama und sie sich noch so bemühten: Es war ganz schön anstrengend, ständig auf Tante Margret aufzupassen. Was sollte an ein bisschen magischem Wasser also falsch sein?

»Bist du bereit?«, fragte Fairy. Er wartete schon mit den anderen vor Aquellas Wohnhöhle.

Finja nickte.

Zum Abschied waren auch die anderen sieben Quellnixen gekommen. Sie standen neben Aquella und winkten.

Alle gemeinsam schwammen die Freunde durch den Strudel. Zurück an der Wasseroberfläche, zauberte Wulli ihnen ruckzuck wieder ihre normale Haut.

»Ich habe mich schon total an das Schwimmen gewöhnt«, sagte Finja, als sie schwankend aus dem Wasser krabbelte. »Ich weiß gar nicht mehr, wie es ist, auf Beinen zu laufen.«

»Ich auch nicht«, antwortete Eli, der neben ihr torkelte. Fairy, Wulli, Finbar, Edda und Lifri erging es nicht viel besser.

Nur Wandra schien kein Problem damit zu haben. »Das ist gleich vorbei«, sagte sie wissend und trabte munter an ihnen vorüber ans Ufer.

Und wirklich! Als sie den Waldboden unter den Füßen spürten, war das schwankende Gefühl verschwunden.

»Steig auf«, sagte Fairy. »Es ist Zeit, dass wir zurück in die Menschenwelt reiten.«

»Sag bloß, du vermisst den Hafer von Mister Hank.« Finja kicherte.

Fairy schnaubte glucksend. »Schon möglich.«

»Aber vorher müssen wir am Mittenbaum vorbei«, erinnerte Finja ihn. »Die Quellnixen müssen schließlich auch auf die Liste.« Sie schwang sich auf seinen Rücken. Dabei spürte sie das Zwirbelschneckenhäuschen in ihrer Hosentasche. Bald würde sie erfahren, ob das magische Wasser bei Tante Margret wirkte. Bei dem Gedanken konnte Finja es gar nicht erwarten, durchs Perlentor zu reiten. Auch wenn sie Eli, Wulli und die vier Wächterpferde schon jetzt vermisste.

»Ich komme bald wieder!«, versprach sie ihnen. Dann winkte sie ihren Freunden, und Fairy trabte los. Der Weg zurück durch die Schlucht kam Finja dieses Mal viel kürzer vor. Wie von selbst sauste der Goldpalomino durch die engen Felsen. Da erkannte Finja, dass Fairy sich einfach vom Fluss tragen ließ. Denn jetzt sprudelte das Wasser darin nur so, und rasch erreichten sie das grüne Tal.

Am Mittenbaum ritzte Finja die Namen der Quellnixen in den Felsen. Dabei achtete sie darauf, nicht zu viel von ihnen zu verraten. Schließlich war Fanta Magia immer noch ein gut gehütetes Geheimnis in Isella. Und so sollte es auch bleiben.

Danach ging es weiter zum Perlentor. Der Wasserfall vor ihnen toste, und Abertausende Wassertropfen schimmerten. Dieses Mal kamen sie Finja noch glitzernder vor. Bestimmt lag das am magischen Wasser! Gut zu wissen, dass es sich bereits auszubreiten begann. Bald würde jeder wieder Magie in Isella bekommen. Und mit diesem beruhigenden Gedanken sprang Fairy in den Galopp.

Der Wasserfall kam näher. Schon durchquerten sie das Perlentor. Wie immer hatte Finja das Gefühl, schwerelos zu sein. Doch schnell war der Moment wieder vorbei. Während hinter ihnen die fantastische

Welt von Isella verblasste, tauchten sie in die Welt der Menschen ein. Als wäre keine Sekunde vergangen. Und das war hier ja auch so.

Fairys Sattel und Zaumzeug lagen noch am Ufer, wo Finja sie hingelegt hatte. Sogar die Wasserfallnixen warteten an derselben Stelle im Wasser.

Fröhlich winkte Finja ihnen zu, ehe sie von Fairys Rücken rutschte, um den Nixen von der guten Neuigkeit zu erzählen.

Doch plötzlich hielt sie erschrocken inne und schob die Hand in die Hosentasche. Das Zwirbelschneckenhäuschen war weg! Wie konnte das sein? Hastig griff sie in die andere Tasche. Auch sie war leer.

»Es war doch vorhin noch da«, murmelte sie. »Wo ist es hin?« Hatte sie es beim Absteigen etwa verloren? Panisch suchte sie den Boden ab, als Fairy etwas brummelte.

»Was ist?«, fragte sie. Dann erinnerte sie sich, dass er in der Menschenwelt ja nicht sprechen konnte. Doch kaum hatte sie das gedacht, vernahm sie eine vertraute Stimme in ihrem Kopf. Fairys Stimme. Während er sie mit seinen schönen Augen anschaute, hörte Finja, wie er in Gedanken weitersprach: »Das wird nicht klappen.«

»Du wusstest davon?« Erstaunt blickte Finja zu ihm auf.

»Deine Gedanken sind manchmal ganz schön laut«, verteidigte Fairy sich. »Was gut ist. Denn so können wir nun auch hier miteinander kommunizieren. Ich hab gar nicht gewusst, dass das geht. Aber anscheinend sind wir zwei schon so miteinander verbunden, dass es doch möglich ist. Toll, nicht?«

»Ja«, stammelte Finja perplex. Das war es wirklich! Mehr als das! Und in einem anderen Moment wäre sie deswegen auch völlig aus dem Häuschen gewesen. Jetzt hingegen war sie mit dem Kopf ganz woanders. Nämlich beim verlorenen Fläschchen.

Das schien Fairy zu spüren, denn er sagte in Gedankensprache: »Glaub mir, es geht nun mal nicht.«

»Was denn?«, fragte sie ihren goldenen Freund.

Fairy schnaubte entschuldigend. »Ich wollte dich nicht ausspionieren, deshalb habe ich beim Frühstück nichts gesagt. Aber ich vermute, dass es noch nie funktioniert hat, etwas aus Isella mitzunehmen. Das Perlentor lässt es einfach nicht durch.«

»Das hättest du mir auch früher verraten können«, grummelte Finja. »Dann hätte ich mir keine Hoffnungen gemacht.« Enttäuscht ließ sie die Schultern hängen. »Es wäre einfach schön gewesen, mal mit Tante Margret über all das hier zu reden.« Sie deutete zum Perlentor. »Und sonst auch.«

»Oje«, rief die kleine Wasserfallnixe und kam hastig ans Ufer geschwommen. »Was ist denn passiert, dass du so ein Gesicht machst?«

»Ach, nichts«, seufzte Finja. Stattdessen erzählte sie, was sie in Isella erlebt hatten und dass Fanta Magia nun wieder sprudelte. Den Wasserfallnixen konnte sie dies ja alles anvertrauen. Schließlich waren sie Verwandte der Quellnixen.

»Das hast du richtig gut gemacht!«, lobte die Wasserfallnixe sie. »Du bist eine ganz fantastische Gardiella!« Sie sprang übermütig aus dem Wasser, um einen Salto zu machen. Die anderen Wasserfallnixen taten es ihr gleich. Bunte Flossen und bunte Haare wirbelten fröhlich durch die Luft. Da musste Finja doch lächeln.

»Na, geht doch«, kicherte die Wasserfallnixe selbstzufrieden. »Jetzt haben wir endlich wieder Magie im

Wasser. Das ist toll! Kein Grund, so miesepetrig dreinzuschauen.«

»Du hast recht«, gab Finja zu. Schließlich waren sie in Isella gewesen, damit wieder überall Magie floss. Auch hier … Kaum hatte sie das gedacht, breitete sich ein extrabreites Grinsen auf ihrem Gesicht aus. »Hier bei euch ist das magische Wasser ja auch, fällt mir gerade ein. Weil ihr mit dem Wasserfall aus Isella verbunden seid«, rief sie. »Es ist also völlig egal, dass das Fläschchen nicht mehr da ist. Ich brauche Tante Margret nur hier zum Nixenwasserfall zu bringen.« Erleichtert lachte sie auf.

»Margret?«, fragte die kleine Wasserfallnixe. »Die war schon lange nicht mehr hier.«

»Wie, du kennst sie?« Verwundert sah Finja sie an, ehe sie sich an die Stirn schlug. »Na klar! Ihr habt ja nichts vergessen, weil hier in der Menschenwelt andere Gesetze herrschen. Das hast du selbst gesagt. Also weißt du natürlich, dass Tante Margret früher die Gardiella in Isella gewesen ist. Warum hast du mir das nicht gleich gesagt?«

In den wasserblauen Augen der Nixe blitzte es. »Du hast ja nicht danach gefragt.«

»Stimmt.« Finja schenkte der Wasserfallnixe ein Lächeln. »Aber jetzt frage ich dich.« Erwartungsvoll sah sie sie an.

Die Nixe wedelte gnädig mit der Flosse. »Was willst du denn wissen?«

»Na, alles«, rief Finja lachend.

Altes und Neues

»Eigentlich gibt es da nicht viel zu erzählen«, meinte die Wasserfallnixe. »Margret ist wie du mit dem goldenen Pferd nach Isella geritten.«

»Ehrlich?« Verblüfft drehte Finja sich zu Fairy.

»Nein, doch nicht dieses Pferd«, sagte die Nixe schnell. »Das ist ja deines. Margret hatte ihr eigenes. Magilan.«

»Margret und Magilan«, murmelte Finja. »Kennst du ihn?« Sie sah Fairy an.

Der Goldpalomino schüttelte zur Antwort die Mähne. »Nein, aber er könnte ein Verwandter von mir sein. So viele goldene Pferde gibt es schließlich nicht. Nicht mal in Isella.«

Nachdenklich blickte Finja über das Wasser. »Das bedeutet ja, dass Tante Margret reiten kann.«

»Und wie«, bestätigte die Nixe schmunzelnd. »Die

beiden sind ständig im gestreckten Galopp vorbeigedonnert, sodass wir uns mit einem Nixensprung in Sicherheit bringen mussten. Na gut, zum Schluss nicht mehr. Magilan wurde langsamer und Margret auch. Irgendwann sind sie dann gar nicht mehr gekommen.«

»Und wo ist Magilan jetzt?«, fragte Finja.

»Ich vermute, er ist gestorben.« Die Wasserfallnixe seufzte. »Er war ja auch schon sehr alt. Weit über siebzig Jahre!«

Finja runzelte die Stirn. Ging das überhaupt? Pferde lebten doch sonst nicht so lange.

Die Nixe schien ihre Gedanken zu erraten. »Du vergisst, dass es sich um ein magisches Pferd handelt. Nur auf einem Wächter der Fantasie kann eine Gardiella nach Isella gelangen. Das sind immer goldene Pferde. Deshalb werden sie auch so alt, damit sie ihre Gardiella ein Leben lang nach Isella begleiten können. Denn ihr habt recht. Goldene Pferde sind selten.«

»Ja, Fairy ist wirklich etwas Besonderes«, antwortete Finja und stand auf, um zu ihm zu gehen. Gedankenverloren streichelte sie seine Mähne, ehe sie fragte: »Hättet ihr was dagegen, wenn ich Tante Margret mal mit hierherbringe?« Sie sah die Wasserfallnixe bittend an. »Sie hat leider vergessen, wer sie ist. Vielleicht hilft ihr ja das magische Wasser, sich wieder zu erinnern?«

Die Nixe zögerte. »Margret ist hier immer willkommen«, antwortete sie ausweichend. »Aber vergiss dabei nicht: Hier herrschen andere Gesetze und somit auch andere Kräfte.« Mit diesen Worten tauchte die Wasserfallnixe unter, und ihre Freundinnen folgten ihr.

Jetzt lag der Wasserfall wieder da wie immer. Finja sattelte Fairy und ritt los. Dabei kreisten ihre Gedanken um das, was die Wasserfallnixe ihr erzählt hatte. Hatte die Nixe damit sagen wollen, dass das magische Wasser Tante Margret in der Menschenwelt nicht helfen konnte? In Isella jedoch schon?

Finja war so in Gedanken versunken, dass sie gar nicht bemerkte, dass sie schon auf dem Hof angekommen waren. In der brütenden Hitze waren die Stallgassen immer noch wie leer gefegt. Nur Mister Hank bog gerade um die Ecke. Obwohl die Sonne gnadenlos herunterknallte, hatte er wie immer seine Schiebermütze auf.

Als Mister Hank die beiden auf sich zukommen sah, blieb er verdutzt stehen. »Nanu! Wo kommt ihr denn her? Heute ist es doch viel zu heiß für einen Ausritt.«

»Wir waren schwimmen. Beim Nixenwasserfall«, erzählte Finja.

Mister Hank lachte. »Na, du traust dich was. Kannst von Glück reden, dass du jetzt keinen Bart hast.«

»In der Tat!« Finja stimmte in Mister Hanks Lachen ein, dann fragte sie: »Stimmt es, dass Tante Margret früher geritten ist?«

Der Stallbesitzer hob überrascht die Augenbrauen. »Aber sicher doch. Hast du das gar nicht gewusst? Margret hatte hier ein Pferd stehen. Es hieß Magilan. Wenn ich mich recht erinnere, war er auch ein Goldpalomino.« Der Stallbesitzer stutzte. »So ein Zufall! Das hatte ich total vergessen. Jedenfalls waren die beiden unzertrennlich. Machten ständig Ausritte und steckten immer zusammen wie ihr zwei.« Er schaute zu Finja. »Wieso fragst du?«

»Nur so«, antwortete Finja schnell. »Ich bringe Fairy jetzt besser zurück in den Stall. Es ist echt ganz schön heiß ohne Wasser.« Sie schenkte Mister Hank ein Lächeln und ritt weiter.

Als sie Fairy beim Offenstall absattelte und sein Fell bürstete, bis es glänzte, schnaubte er in Gedanken: »Ich weiß, warum du das alles wissen willst.« Er drehte den goldenen Kopf zu ihr nach hinten und sah sie mit klugen Augen an. »Denn ich weiß, was du vorhast. Wenn das magische Wasser vom Nixenwasserfall nicht klappt, willst du deine Tante mit nach Isella nehmen.«

»Einen Versuch ist es wert, findest du nicht?«, sagte Finja.

»Du vergisst dabei eines«, erklärte Fairy. »Nur eine Gardiella kann nach Isella. Auf ihrem eigenen goldenen Pferd, dem Wächter der Fantasie. Die beiden sind eine Einheit. Wie wir beide, verstehst du?« Er stupste Finja zärtlich mit den Nüstern. »Auch wenn ich wollte, es würde nicht funktionieren. Das Tor würde deine Tante ohne Magilan nicht durchlassen.«

»Aber der ist doch schon tot«, protestierte sie. »Tante Margret hat so viel für Isella getan. Warum kann Isella jetzt nicht ihr helfen? Das ist nicht fair!«

Darauf wusste Fairy auch keine Antwort, außer: »Alles ist miteinander verbunden. Wäre deine Tante nicht krank, dann wärst du nicht die neue Gardiella. Wir beide hätten uns nie kennengelernt. Und das wäre sehr schade, findest du nicht auch?«

»Und wie«, gab Finja zu und fiel ihrem goldenen Freund um den Hals. »Ich weiß gar nicht, was ich ohne dich machen würde.«

Da drang plötzlich lautes Gelächter aus dem Gebüsch.

Erschrocken rief Finja: »Wer ist da?«

Als Antwort schob sich Rubys dämliches Grinsegesicht aus den Blättern.

»Spionierst du mir etwa nach?«, rief Finja sauer.

Ruby grinste noch breiter. »Ich habe eine Stimme gehört und bin neugierig geworden. Ich konnte ja nicht wissen, dass du das bist und du deinem Gaul die Ohren vollquasselst. Und zwar ganz schön komische Dinge, wenn du mich fragst. Ich glaube, deine schrullige Tante färbt schon auf dich ab.«

»Lass Tante Margret aus dem Spiel«, rief Finja. »Sie kann nichts dafür, dass sie so ist. Sie hat Demenz!«

»Nenn es, wie du willst.« Ruby lächelte böse. »Aber ihr habt definitiv eine Schraube locker.« Entschlossen kam sie näher. Es war offensichtlich, dass sie Fairy streicheln wollte. Ruby hasste es

nämlich, dass nur Finja mit dem Goldpalomino zurechtkam. Obwohl Ruby die bessere Reiterin war.

Doch Fairy ahnte, was sie vorhatte. Blitzschnell hob er den Schweif und machte einen großen Haufen vor Rubys Füße. Und zwar genau in dem Augenblick, als sie den nächsten Schritt machte. Mit einem schmatzenden Geräusch trat sie voll hinein.

»Igitt«, rief sie, als sie an sich hinunterblickte. »Das hat der Gaul mit Absicht gemacht!«

»Ups!« Finja grinste. »Hättest du bloß Stallstiefel angezogen und nicht Sandalen. Muss ganz schön eklig sein, den warmen Mist zwischen den Zehen zu haben.«

»Ach, halt die Klappe«, knurrte Ruby und stakste wutentbrannt zum Waschplatz.

»Gut gemacht«, kicherte Finja in Gedanken und tätschelte Fairys Hals. »Aber an der Gedankensprache muss ich dringend feilen. Es scheint, dass ich es noch verwechsle und stattdessen laut quatsche.« Nachdenklich blickte sie Ruby hinterher. »Meinst du, sie hat was mitbekommen?«

Fairy schüttelte die Mähne. »Ich denke nicht. Und sollte sie uns doch mal bis zum Perlentor folgen, werden die Wasserfallnixen schon dafür sorgen, dass sie mit einem Vollbart nach Hause kommt.«

»Hoffentlich.« Finja lachte laut, dann zuckte sie zusammen. »O nein, schon wieder.«

Fairy schnaubte gut gelaunt. »Also, ich bin zum Üben jederzeit für dich da. Ich finde es nämlich fantastisch, wenn du mit mir quatschst. Wir beide gehören schließlich zusammen.«

Ja, seufzte Finja in Gedanken. Hier und in Isella! Egal, was passierte – sie würden es schaffen. Und zwar gemeinsam.

Die Liste am Mittenbaum

Finja – Gardiella
Fairy – Wächterpferd über die Fantasie
Finbar – Wächterpferd über das Feuer
Wandra – Wächterpferd über das Wasser
Lifri – Wächterpferd über die Luft
Edda – Wächterpferd über die Erde
Wulli – Wildschön mit magischen Borsten
Wiesenelfen – Hüter der Pflanzen im grünen Tal
Eli – Wiesenelf
König Razifazi – Wiesenelfenkönig
Königin Saora – Wiesenelfenkönigin
Wasserrufer – beschwört das Wasser herbei
Quellnixen – Hüterinnen über das magische Wasser
Aquella – Obernixe

Ellie Mattes wuchs auf einer wilden Farm zwischen vielen Tieren auf, mit denen sie schon als Kind die spannendsten Abenteuer erlebte. Nach der Ausbildung zur Sozialpädagogin begann sie, für Kinder und Jugendliche zu schreiben, und lebt nun mit ihrer Familie und zwei Eseln in einem Häuschen mitten im Wald.

Alina Brost ist in Augsburg geboren und aufgewachsen. Sie träumt schon seit Kindertagen von einem Pony im eigenen Garten und würde am liebsten gar nicht in der Stadt wohnen, sondern in einem verwunschenen Wald. Nach ihrem Design-Studium illustriert sie magische Welten und Wesen für Kinderbücher.